说吧，涟漪

Asian American Publishing

关于作者

霜子，1953 年生于北京。1966 年文革期间小学毕业，1969 年赴黑龙江生产兵团。两年后回到北京参与诗歌与绘画的地下沙龙活动。曾受教于沈从文、张仃和李宗津等著名学者和艺术家。1976 年在中国历史博物馆美术组从事临摹和复制古代艺术品工作。1978 年开始自学英语并通过自学高考，先后在英国、澳大利亚和丹麦公司驻京办事处做翻译和办公室管理工作，直至 2005 年退休。

2007 年在清华大学美术学院学习铸造玻璃，建立自己的工作室。同时作为自由撰稿人写作小说、评论、随笔等，作品曾在国内外知名杂志和报纸上（财新《新世纪》周刊、《北京青年报》等）发表。70 年代写的诗作被翻译成英文并被编入《诗歌月刊》与《中国前朦胧诗集》等。近 20 年以来一直在根据自身经历致力于长篇文学作品的写作。

　　谨以此书献给那些在青春时夭折的人们，也献给那些经历了荒谬和混乱，并在挫折中成长的人们。

前　言

　　本书是基于真实材料写成的一部成长史。一个偶然的契机，主人公从一口旧箱子里发现了母亲的遗物，于是她开始寻找自己的历史，并与一位美国艺术家，进行了辗转于中美两地的合作。全书通过描写北京一个四合院里的邻居们的分分合合，以孩子般童真的视角讲述了自己的原生家庭，与小伙伴的童年趣事，新生国家百废待兴年代的信仰及热情，以及随后发生波及到每一个家庭和个人的浩劫。其中涉及文革初期的暴力，社会无序状态，上山下乡（作者曾在北大荒农场干过）等，结合了作者的第一手资料，形象生动地展示了那一代人特殊的政治与社会背景。

　　困惑的年轻人抱团取暖，读书写作，思考讨论，学习艺术，在废墟中寻找新的价值和意义，在大时代的混乱和颠覆中完成了自我教育。同时，采用平行蒙太奇手法，把美国艺术家对同辈人的采访纳入进来，形成一种奇妙的中西文化对照，完成了对青春岁月的审视与追忆。

目 录

童年

1

外面在刮风，莲从窗户里向外看。

很少有人知道，在车水马龙的长安街南面，有一条僻静的小街，而在路北的一个大红门里，坐落着一个闹中取静，曾经是王府的四合院。这里不仅是莲从小生长的家，也是她度过噩梦与快乐，自由与困惑交织的青年时代的"文化沙龙"，后来在改革开放的大潮中幸免于拆，奇迹般地保留下来，几年前莲把老房子改造了一番，加盖了一层楼，如今成了一个小小的然而寄托了她多年梦想的书店。

院子原来是个五进的四合院，当年机关和住宿都在这座大院子里，莲家住在最深一进的西跨院。后来邻居们陆续搬走，院子逐渐被侵占和拆除，主体部分变成一个会员制的高级会所，被高高的围墙隔绝。如今只剩下这狭长的一条，但仍是属于自己的自成一统的小天地。如今北京已经没有多少保留下来的古老风景，到处写着一个大大的"拆"字，人们甚至连 50 年的历史都不想留下。莲的小院子成了稀有的老古董——树还是原来的树，院子中央一棵枝叶繁茂的大柿子树始终竖矗立那里——花坛还是原来的花坛，长满密密匝匝的甘菊、金银花和薄荷，地砖已经坑坑洼洼，但还算完整。院墙边有一株非常罕见的古老品种的葡萄藤，叶子是椭圆形的，果实又小又酸，实际上并不能吃，它只是一个古老传奇的延续，据说是清朝皇室里的品种，被溥仪的一个妹妹带出宫后一直养在她的院子里，后来历经中国社会的各种灾难动乱，不知道怎么辗转流落到莲的一个朋友手里，又被他举家南迁时送到莲的院子里，嘱托她把这个珍贵品种保存下来。莲把这株缠绕在一起的老根深埋在花坛里，第二年春天毫无动静，夏天将尽时露出一截辩不出死活的枯枝，掩藏在其他植物间。又一个春天来临时，莲以为已经没希望了，准备把那块地清理出来种别的东西，它才倔强地从坚硬的土壤里钻了出来，长出令人惊喜的小芽，这株又小又弱的苗儿在人们关切的目光和小心照料下终于逐渐成长，现在已经郁郁葱葱爬满了白色的木架，成了院子里一道象征着四季轮回的永恒的风景。

葡萄藤下摆着一圈石桌石凳，多少年来，这里举行过无数聚会，接待过各种人物，最近一次来访的是莲在西雅图的老朋友——美国历史学教授 JACK SONG 和他带来的新朋友——美籍华人女艺术家JENNIFER MAY。虽然JENNIFER长着一副典型的中国广东人面孔，却不可思议的一句中文都不会说。她身材瘦小，纤细，却充满抑制不住的活力，她的头脑就像她的动作一样，极其灵巧和敏捷。也许因为两人都是艺术家的缘故，她们立刻一见如故，常常没等莲找到合适的英文单词，她已经迅速理解了莲想要说的话。在聊到 JENNIFER 的祖籍时，JACK 发现她的祖先居然来自距离莲父母家乡不远的逐鹿平原。JENNIFER 露出惊讶的表情，她是他们这个家族中唯一来到中国的人。喝了无数杯莲独创的花茶——根据颜色和味道的美感放进各种鲜花、干花和药材：玫瑰茄、柠檬、茉莉花、薄荷、陈皮以及茶叶，被JENNIFER称做"TEA SOUP"的液体后——两人决定共同写本书，关于她们各自家族的历史的书。

因此下面的故事，和这二位华裔朋友的鼓励有密切关系。莲的中国朋友们并不认为她讲的这些有什么意义。比莲年纪大的，认为自己的故事更多更重要，而且对以前的事情，甚至莲自己的事情，知道得比她更清楚。比莲年轻的一代，绝大部分觉得这些老故事都是他们父母的老生常谈。时过境迁，生于全球化和互联网时代的他们更专注于自己现在面临和需要解决的现实问题。少数因为工作而收集材料的人，觉得老一辈已经把历史个人化。你要不是当时的重要人物，你的个人经历并没有多少历史价值。

但是这两个华裔美国人，对莲说的一切都觉得好奇，甚至欣喜。也许是因为这些美国中产阶级文化人，相对生活得太顺利、太平淡了。他们说，莲在十三岁和十六岁这两年遭遇过的事情，比他们一辈子遭遇的事儿都多，都更惊心动魄。他们都很爱听莲的故事，甚至当时就要记录下来。后来莲觉得，这两个人，可能下意识地把她的经历，当作他们自己的"影像经历"：如果他们的祖辈不出国，他们或许就会有类似的经历。人似乎都有"人生影像"——即平行世界里可能存在的另一个自己。比如岳飞是大鹏金翅鸟，唐僧是金蝉子，宋徽宗认为自己是天上的道士。诸葛亮认为自己是天上的一个大星星。很多重要人士，都是什么什么下凡。对于普通人，别人的故事有时会把你带入人生的另一种可能性，或者你会庆幸自己只是听故事的人，从他人的故事里获得情感运动的满足。

所以，莲很高兴有人听她讲的事情，而且，据历史学家和艺术家说，她的经历多彩多姿，十分重要。这个她自己以前都有疑问。于是，莲开始挖掘寻找她的家族和自己的过去。

莲转过身来，继续她的工作。JENNIFER 已经飞到旧金山去寻找她的家族历史，而莲在父母去世已经这么多年后第一次意识到，他们活着时自己竟没有记下一点他们过去的故事，如果再不做，她就会不但失去他们的历史，也丢失了自己的历史。

童年

　　这个房间是当年爸爸妈妈的卧室，但几年前彻底装修过后，如今连一样老东西都没有了，所有的家具都换掉了。突然她看到柜顶上有一个破旧的棕色皮箱，当年几乎所有的干部家庭都有这样的箱子。她费力地拖下了来，果然，里面有她要的东西——都是妈妈留下，而莲从未见过的遗物。

　　一只小红木箱里有几样属于爸爸的遗物：两个锻炼手指的金属球，一副老花眼镜，还有一些中成药，那些妈妈费了很大力气淘来，爸爸却没有来得及吃就离去了的名贵药材。爸爸生前几乎没有任何属于自己的东西，除了几件旧衬衫和裤子，还是妈妈多年前的手工（她经常给全家做衣服，后来莲和姐姐弟弟长大了拒绝再穿，可爸爸却穿了差不多一辈子的粗棉布衣服）。

　　一条发黄的丝巾包裹着一包文件，里面都是妈妈收藏起来的各种文件：包括药方、信件、证件——妈妈的选民证、爸爸的医疗证、莲和弟弟的准考证……终于，莲看到了一迭有关爸爸追悼会的文件：参加者的名单和部机关领导写的悼词。这正是莲要的，上面有爸爸一生所有活动的简略介绍和评价。有了这个线索，她就可以追踪父亲的历史，家庭的历史，也就是她自己的历史。

　　莲从网上预约了几本中共党史书，带着手提电脑来到国家图书馆基藏库。她一连在图书馆呆了好几天，非常兴奋她的发现。她不但找到了有关爸爸当年活动的资料，甚至发现了一张爸爸抗日期间在太行山游击队的照片。在那些因年代久远而模糊不清的脸庞中，莲认出来爸爸年轻的、轮廓分明的面孔，他扶着一支长枪，和他的战友们斜躺在山坡上。

　　这个面孔和莲记忆里最后爸爸离去的遗容渐渐重合了。一幅白色罩单裹住他消瘦的身体。莲最后两天一直陪伴在爸爸身边，紧紧握着爸爸的手，她不敢松开，生怕她一松手，死神就带走了他。她把头贴在爸爸身上，象孩子时一样依偎着他，倾听着他微弱然而顽强的心跳，旁边的心电图仪上的黑线颤抖着，跳动着，终于变成一条冰冷的永恒的直线……

2

书店里今天顾客不多，帮忙的小姑娘走后，莲关上大门，又走进那间卧室。从棕色皮箱里翻出一包黑白小照片来，照片早已经发黄发脆，边角都折卷起来。她把它们一一打开看，发现不少照片上，都有他们姐弟三个，姐姐堇和莲都穿着布拉吉、皮鞋，而弟弟乔却穿着花裤衩，系带的布鞋。他们要么靠墙并排站在一起，要么在公园里和一大群小朋友合影，但在一条船上或一把伞下，只要找到其中一个，立刻就能找到另外两个。莲拿着放大镜仔细看着这些小照片，不由得问道："为什么我们仨总是在一起？"一个和这个家庭风雨同舟几十年的老朋友回答说："因为你们仨好啊。"

堇比莲大三岁，她三岁半就被送进从延安迁来的六一干部子弟保育院——坐落在玉泉山下，每两周可以回一次家，由爸爸工作的中央监察委员会的吉普车负责接送。那时候父母都非常忙，虽然家里有姥姥和姨妈帮忙，但莲一到岁数也被送进六一保育院——为了让她受到正统的教育。入园的第一天她兴高采烈，她早就渴慕能进入这个当时北京最好的幼儿园。虽然被分在小班里，只要有可能，她处处追随着姐姐，但堇却不愿意理她。堇早已经在这里轻车熟路，百炼成钢了。她是家里第一个孩子，也是最听话和懂事的孩子。

这个保育院曾把许多新中国第一代领导者的儿女们用马背或者

驴背驮到北京——仍沿袭着战争年代的军事化管理。早晨第一件事就是沿着操场跑步，莲被阿姨从被窝里揪了出来，只穿着衬衣衬裤，跑了半天眼睛都没睁开。那个操场对孩子们来说简直大得没边儿，虽然有假山和鱼池什么的坐落其中。房子都是高大的古建筑，垂脊上的吻兽在晨雾中若隐若现。寒风飕飕，吹得小脸儿生疼。莲呲牙咧嘴地跑完一圈，在前面的队伍里看见了姐姐，立刻跟了过去。

"别老跟着我。"堇扳着脸孔说，捏着一张手纸进了厕所。这是规矩，早饭前必须上厕所，完了才能进餐厅。老师在外面守着。莲蹲了一会就出来了，她还不知道其中利害，现在不解决问题，这一天里就没机会了。

进餐厅第一件事，就是张开嘴被阿姨喂一大勺鱼肝油，再喝一杯牛奶，然后才能吃早饭。这在新中国物资普遍匮乏的年代里是少有的奢侈品，但堇痛恨鱼肝油和牛奶，一辈子都不能再碰这两样东西。莲倒是稀里糊涂地喝了下去，她的兴奋点在周围的环境里，这么多小朋友，这么多新鲜事，至于她被灌进了什么食物，被逼着干了什么不愿干的事情，都记不清了，也没在意。

中午必须在床上午睡，每个孩子都睡在一个带围栏的小木床里，莲在床上扭来扭去，睡不着。这时她想上厕所了，但是没手纸。她趁阿姨不注意，溜到走廊尽头姐姐屋里，他们那里也在忙着找手纸。一个高个男孩子溜到大屋子中央的小柜前，从里面偷出一卷手纸，分给莲一小张。孩子们别提多机灵了，这一切都是在值班阿姨的眼皮底下干的。在饭堂里，莲看见堇含着眼泪，皱着眉头，面对着饭碗里的芹菜和胡萝卜。那个高个男孩儿正帮姐姐把碗里的肥肉吞下去。孩子们不许挑食，不许浪费，所有的食物都必须吃干净。

保育院里最快乐的时光是刚从家里回来的孩子们交换彼此带来的食物和玩具。每个孩子都要求把自己的那份东西拿出来，摆放在一个大桌子上。这时能看出家境的不同。有带鸡蛋糕，甚至巧克力的，也有带山楂，姑蔫儿（一种北方的野生果实）的，有个男孩子从来没有礼物，他每次回家都要和父母闹。这一次，他终于也把一个牛皮纸袋放在桌子上，脸上露出骄傲的神色，里面是几个发蔫的小桔子。

姐姐班里有对双胞胎兄弟，是位著名翻译家的儿子，他们这周带来了不少小人书。由于大家都还不识什么字，看不了带字的书，就比赛讲故事。讲故事最好的自然成了孩子们崇拜的对象。莲也溜到他们的寝室里，爬上姐姐的床，怀着无限羡慕和景仰的眼神看着那个讲故事的男孩子，直到姐姐把她拉下床来，送回小班的寝室。

上图画课是莲最开心的时刻，每人发了蜡笔。莲用心地画了一个穿裙子的小女孩儿，张开双臂在跳舞，周围草地上有一座带烟囱的小房子，屋顶上是一轮红太阳，还有鸟在天上飞。她还想画一条鱼，没地方了，就画在鸟旁边。一个小朋友伸头看着她画，问："鱼也能在天上飞呀？""当然了！"莲斩钉截铁地说。又在鱼旁边画了一只船，画上小人，她还要继续画下去时，被老师收走了画纸。老师举着她的画给全班小朋友看，夸她想象力很丰富。有的孩子只是在纸上画了些道道和圆圈。

几天后，莲对这里的一切都不再感兴趣，心里唯一的一件事就是盼着回家。她生命的全部意义就是等待回家的那一天。

她从摇下的吉普车车窗里看到人群中的妈妈时，一下子就扑了过去，哭得像个泪人一般。堇蔑视地看着莲，她有模有样地走过去，牵着妈妈的手往家走。

过完周末，周一早上，吉普车照例来接她们去保育院。董早已经穿戴好，在门口等待，莲却不见了。后来妈妈在床底下发现了她，她钻得那么深，用棍子都够不出来。莲躲在黑暗中，一直等到外面的嘈杂声安静下来，才爬出来。莲后来不再骄傲地对人们说："我去了六一保育院！"短暂的幼儿园生活就此结束了，从此她被留在了家里，用董的话说：自由散漫，整天和姨妈混在一起。

<h1 style="text-align:center">3</h1>

莲每天早上第一件事，就是打开电脑看 JENNIFER 的邮件。她兴奋地告诉莲自己在旧金山的收获：她从一个堂兄手里得到了一本厚厚的家族相册，似乎可以解开他们这个已经在美国生活了四代的华裔家庭的历史之谜。她约莲冬天去西雅图到她家去住一段，继续她们的合作。

一个月后，莲已经飞越太平洋，置身西雅图郊区这座安静的小别墅 JENNIFER 为她准备的房间里。她们每天在客厅里工作，对着一只摄像头，讲述彼此的故事。莲也带去自己刚刚整理出来的家庭相册。

莲看着姨妈和家人在北海公园拍的照片。姨妈有一张圆圆的慈祥的脸。身边站着她抚养的女孩儿——后来得了精神病，在精神病院度过后半生。姨没有自己的子女，却抚养了好几代人，包括莲姐弟三个以及养女的女儿和外孙女。莲穿着花短裤，头顶上系着大蝴蝶结，把自己的小脸深深埋在姨妈大襟上衣宽大的下摆里。

姨妈是妈妈的表妹，来自河北大名府。早在十九世纪初，就有法国传教士到这里传教。姨妈不识字，但是个虔诚的天主教徒，每天按时祷告，这和爸爸妈妈的共产主义信仰可是冰火两重天。几十年后，莲看见姨妈屋里墙上挂着的圣母圣婴像，心里很奇怪，不知道在那些年代里她是怎么把信仰藏在心中的。胡同里成立了扫盲学习班，姨妈和其他不识字的妇女都被招去上课。莲也每天跟着姨妈去听课。姨妈最终也没学会念书，莲却认识了不少字。她学的很快，已经能拿着粉笔在小黑板上写字，并举着一本识字课本依依呀呀地念，甚至在家里教起姨妈来，爸爸妈妈都很吃惊。

莲在家充分享受着不去幼儿园的快乐。每天放下饭碗第一件事就是跑到外面去玩儿，同时也只有吃饭时才会放下游戏回家来。"莲，你姥姥喊你回家吃饭去！""苗苗，你阿姨找你呢！"院子里经常能听到这样的声音。

刚刚进城的共产党干部们实行的是军队供给制，虽然他们的工资按当时的标准算是比较高的，但由于家里孩子多，并且很多人把他们在战争年代受尽艰难困苦的老人们接到城里，与其说是颐养天年，不如说是帮着照顾孩子和家务，所以家家户户似乎都过得紧巴巴的，谁都没有闲钱。妈妈们不但要上班，还要照顾这一大家子的衣食住行。在弟弟乔还没出生时，也就是姥姥和姨妈来之前，机关派了两个保姆老赵和老李照顾堇和莲。后来的人很难想象，一方面全家人都穿着打补丁的衣服，另一方面却用着两个保姆，当然她们的工资是由机关付的。所有人都从同一口大锅里吃饭，老赵很能吃，莲很多年后还听到妈妈抱怨这个黑脸膛的胖女人，她还记得老赵如何用大勺子在粥锅里搅着捞稠的吃；而老李如何把堇放在胡同口独自玩儿，自己去找别家保姆聊天去，结果堇被过往的自行车撞伤了脚。

尽管每个人都穿打补丁的衣服，但由于实际人口永远超过户口本上的人数，家里的布票老是不够用，于是怎么给全家人做衣服就成了对妈妈们的一项挑战。姨妈和姥姥经常会从乡下带来一些粗纺布，因为她们老家是河北著名的棉乡，人人都自己纺线织布，并染成红色或蓝色的条纹和方格。莲家里所有的东西：床单、窗帘、包袱皮，以及他们所有人的内衣、裤子都是用这些粗布做的。一开始莲喜欢妈妈给她做的新衣服，一做好立刻就穿到院子里去展示。有次妈妈买来一大块便宜的灰色棉布，她把整匹布摊开在地上给全家人裁剪，然后用新买的缝纫机日夜缝制。每个人都穿上了一模一样的一套灰布衣裤，包括爸爸和乔，爸爸的口袋做歪了，妈妈懒得拆下来重缝，让莲和乔一人揪着衣服的一头扯来扯去，最后爸爸就这么穿上了。全家人都穿着同样的灰衣服看起来是不是有点怪？莲不记得了。但她记得院子里其他的阿姨们都羡慕妈妈的制作，夸妈妈会打扮自己的孩子，并说他们姐弟仨和苗苗家的三个孩子是大院里最漂亮的孩子。

后来她看到别的女孩儿穿着商店买来的做工工整的布拉吉，就不愿再穿妈妈给她做的那些粗布衣裙。莲上保育院后，妈妈终于给她们两人各买了一条带蕾丝的小碎花连衣裙，就是照片上她们姐妹俩儿经常穿的那套。可怜的乔没有到享受同样的待遇，他自己也浑然不知，所以直到上幼儿园还穿着妈妈给他们做的花裤衩。

上小学后，妈妈还一如既往地给全家人做衣服。莲不但穿着同样花色的衣服裤子、大衣，甚至连书包都是同一块布。她的带牡丹花的书包在全班是独一份，决不会和任何人弄混了。妈妈和姥姥还用那块花布做鞋面，姥姥年轻时是做鞋的能手，把白土布一层层地用糨糊粘在一起纳底，给他们做鞋，所以鞋也是一样的花色。但有双深蓝色带白花的灯心绒面布鞋却是莲的最爱，人人都说好看。她跳皮筋时经常穿着，又舒服又结实，心里美滋滋的。

院子里的孩子们每天下课后都在一起玩儿。先是在谁家里写作业，家家户户几乎连门都不关，孩子们都是一推门就进来，写完作业一窝蜂涌到院子里，满院子追着乱跑。莲不记得自己是否有过真正的玩具，比如布娃娃。但她却有过无数的玩伴儿和无限的游戏时间。后来妈妈把她送进胡同里最近的幼儿园，每天下午放学不用人去接一溜烟就自己回家了。她最好的玩伴是隔壁胡同里的双胞胎姐妹俩儿：大娃娃和小娃娃——一对有着天使般的团团脸的女孩子。她们玩跳房子，在地上画格子，用瓦片扔在格子里，单脚跳着踢到下一格里。她们还把红豆缝在布包里，踢包——比谁踢的多；掷包——比谁扔得远，并且互相砍，谁被击中就得下场。在几乎所有的游戏中，孩子们都要分成两组，互相比赛，决出胜负。孩子们根据实力和技能彼此挑选，自愿结成一组，成为固定的搭档，童年的友谊就是建立在这种伙伴关系上的。

莲象所有女孩子们一样，最喜欢的是跳皮筋。她们没有皮筋，就用松紧带代替，只要有弹性就行。莲的技巧并不好，她不能把腿抬到象大娃娃那样高，也没有小娃娃那么轻盈灵巧，所以在分组时，总是最后一个最选走。但这并不影响她的兴致，她经常玩儿得废寝忘食，天快黑时才被姥姥或姨妈给喊回家去。

4

莲很少见到爸爸，她对爸爸唯一的记忆就是每次爸爸回来时都要抱住她亲她。作为小女儿，她的特权就是吃饭时可以坐在爸爸腿上。堇从保育院回来，带回几本小人书，是他们姐弟最快乐的时光。吃完晚饭，爸爸让他们全都爬到他和妈妈的大床上，给他们讲小人书里的故事。莲每次听着听着就睡着了，脸上现出幸福的笑容。董却发现爸爸讲的不对，他并没有按照小人书的内容，经常胡编一些故事给他们讲。董气得哭了，爸爸连忙把董也抱在怀里，亲亲她沾满泪水的小脸蛋。乔是家里唯一的男孩儿，是妈妈、姨妈和姥姥的宝贝疙瘩，被所有的女人们宠爱着。尽管那时的生活以现在的标准来看很粗糙，每个孩子都感觉并不缺少来自父母亲人的爱，这使他们正常快乐地成长，如同那时的所有家庭，父母都忙于自己的工作，没有功夫给他们更多的关注。孩子是属于国家的，他们的功课、游戏，基本上不用做父母的操心，三个孩子无论在哪里，都是学习最好的学生。

象所有的大人一样，爸爸工作忙极了，他们作为新中国的创建者，正用非凡的热情和干劲为这个百废待兴的国家忙碌着。爸爸在当时的中央监察委员会担任厅长，负责监督处理共产党干部的贪污腐败问题。他亲自参与过对新中国第一大案——刘青山、张子善挪用公款及贪污案的审理。

后来莲在图书馆查阅资料时，从父亲毕生服务的监察机构的历史中发现，共产党最初还具有清洁自身的能力，虽然那时的腐败问题和后来完全不能同日而语，可在五十年代末期这个机构却被撤消了，直到文革结束后才以"国家预防腐败局"的名字恢复。

妈妈在一所中学做化学老师，负责建立和管理一个小型的化学实验室。她几乎把所有的时间都放在这个实验室里。莲和姐姐弟弟经常去妈妈那里玩儿，等妈妈下班回家，路上带他们去四川饭店买小包子，对他们来说每次都是一场充满期待的盛宴。妈妈还带董和莲去戏院，看过梅兰芳和马连良的京剧以及乌兰诺娃的芭蕾舞，那时没有商业性的演出，来访的团体都是代表国家最高水平的，莲每次都看着看着就睡着了。但她依稀记得舞台上梦幻般的场景，天鹅、王子，阴郁的森林和湖畔，辉煌的宫廷，美仑美幻的服装，优美哀婉的音乐，然后是闪亮的灯光和热烈的鼓掌声——莲通常在这时候就醒来了。京剧更是让莲听着要睡觉的东西，但她喜欢看梅兰芳婀娜的身段和他富于表情的手指的动作，一回家就披着一块锦缎被面，拿着把扇子，手指做出兰花状，给姥姥姨妈表演《宇宙锋》和《霸王别姬》。

这天妈妈从学校带回来一堆烧杯烧瓶什么的，告诉姐弟三个要带他们做个小实验，在家里制作肥皂。大家都兴奋极了，妈妈穿着围裙，带着手套，招呼他们一会儿拿这个来，一会儿拿那个来，把家里的锅碗瓢盆都使上了，后来终于在火上熬出一大锅黑糊糊的东西来，发出一股强烈难闻的味道。然后大家眼巴巴地盯着这锅东西等它冷却，妈妈用刀把它们切成小块，举起来闻闻，对三个孩子说这就是肥皂了。莲不免有点失望，因为它们看起来实在不怎么好看。但她还是拿了许多分给伙伴们，得意地告诉大家这是他们自己做的肥皂。这些肥皂的反馈不太好，因为用起来没有什么泡沫，最后还是不得不都扔了。

妈妈组织他们干家务活，并许诺这是有偿工作。擦一次地是 5 分钱，倒一次垃圾是 3 分钱，每次干的活儿都记在一个本子上，但这个本子不知道什么时候丢失了，而且后来的生活里发生了太多重大的事件，使得他们早把这事给忘了。许多年后乔想起来这回事，突然感到非常愤怒，发现这些许诺的报酬从来也没有实现过。

5

照片上莲的身边除了堇，经常有个小女孩儿，俊俏的瓜子脸，

童年

一副和年龄不相称的忧郁的表情，老是皱着眉头，仿佛在躲避直射的阳光似地眯着被长睫毛覆盖的眼睛。她就是和莲家同住在一个院子里的南溪。

今天是莲值日，她不情愿地提着垃圾桶，从院子里拖拖沓沓地走过，一边东张西望，南溪从隔壁的窗户里向莲招手。这是她的卧室，模糊不清的玻璃上贴着她的瓜子脸和一对哀怨的大眼睛。旁边被她搂在怀里的是那只大黄猫。莲知道屋里还有好多只小猫。它们躲在各个角落里，或者站在柜子顶上，居高临下地往下看，或者窜来窜去，随地卧倒，无论在沙发上还是床上，你一伸手总能摸到个猫。

南溪和莲同龄。她们从小一起长大，一起分享孩童的秘密，同一个时间戴上红领巾，夏天相约一起开始穿布拉吉，并肩躺在床上做白日梦，彼此交换少女的心事。两人在厕所里拉钩发誓，长大了也永远在一起，永远不结婚。即使在南溪父亲被打成右派去了北大荒以后，她们也一直住在同一个院子里——她们的父亲建国初期都在当时的中监委工作，莲妈妈在中学教化学，南溪妈妈在新华社做俄文翻译。文革后期他们家搬走了。但南溪就像莲的一个影子一样，永远跟随在她身边。即使她们分手以后，她那双幽怨的大眼睛也时刻在莲身后注视着莲的一举一动。

"进来，我们家没人。"南溪把莲迎进屋里，要莲抱着大黄猫陪她一起上厕所。作为交换条件，她说一会让莲进她妈妈卧室看看——那是莲窥视已久的秘密所在。好在她家的厕所很宽敞，窗户也开着，没什么味儿，窗外还有一棵丁香树，树上的喜鹊唧唧喳喳，几乎要蹦进屋里。她们经常在这里翻南溪爸爸的书看，南溪手里拿着一本从她妈妈屋里偷出来的书。她们这时刚刚认识了足够多的字，疯狂地想看书，什么都看。

"你愿意当女人吗？"南溪突然问道。她在一本小说插图中看到穿托地长裙的俄国伯爵夫人。"不知道……不……愿意……"莲迟疑地说，她们两人都刚上小学三年级，还搞不懂什么是女人。大概就是像她们的妈妈那样吧，又上班又带孩子，干家务活儿，辛苦得不得了，她们隐约地感到还是当爸爸比较好。虽然几乎见不到爸爸，他们却是家里最重要的人。莲对爸爸的记忆就是他的胡子，好扎人啊，他一回家就把莲抱起来，用他的胡子亲她。而南溪记得是她爸爸的大手，一巴掌似乎就能把她整个小脸遮住。她们共同的记忆是爸爸把她们高高举在空中，像飞起来一样，她们都是家里最受宠的小女儿，南溪还经常骑在她爸爸脖子上。

"你见过男孩儿撒尿的东西吗？"南溪有点神秘又有点狡黠地笑了，仿佛她比莲见识多得多的样子，"幼儿园的时候豆豆给我看过，说我以后要和他结婚就给我看。我说我才不结婚呢，就是结婚也不和他这样的小屁孩儿。他也给我看了。我觉得一点都不好看，为什么女孩儿没有？"莲记起小时候也曾和男孩子们玩过这样的游戏，互相把裤子退下来或把裙子撩起来给对方看，对彼此身体的差异不胜惊奇。"要当女人就得生孩子吧？"莲说，"那我才不当呢。"南溪撇了下嘴，"我也不当。"两人很快达成了协议，好像这是一件她们可以选择的事情似的。

南溪小心地打开门锁，两人一起走进她妈妈的卧室。屋里黑乎乎的，窗帘拉得紧紧的。整个三面墙都是书柜，玻璃门里排列着整整齐齐的书，大部分都是成套的精装本。"这屋子连我爸爸都很少进。这全都是她的宝贝。"

莲惊讶地巡视着每一层的书，想记住它们的名字：托尔斯泰、果戈里、莱蒙托夫、普希金……"能借我看看吗？""你要是不跟苗苗好，跟我好，我就给你偷出来。"南溪又提出条件。苗苗是前院的邻居，豆豆的妹妹，比她们小几岁。她爸爸是监委会的主任，姐姐秧秧是莲姐姐董的同学，苗苗是莲弟弟乔的同学，她们这院子里所有同年龄的孩子都在一个学校里上学。而南溪是个独女。当她看到他们这一大群孩子闹闹嚷嚷地在一起玩儿时，经常投给他们羡慕和嫉妒的眼光。

"还有跳皮筋时，你得永远和我一头儿，最先挑我。"当然莲满足了南溪所有的条件，在书架上挑了很久，最后夹着一本《钢铁是怎样炼成的》从屋里出来，这是她看的第一本小说，姐姐曾经借过这本书，但她不肯给莲看。那时她刚刚考上了北京最好的女中，更不拿莲当回事了。她们俩一起躺在南溪的床上时，莲还把口袋里一副精致的，磨得光光的小羊拐掏出来给她看。"你要是喜欢，就给你。这是我舅舅给我带来的。"

"有个舅舅真好。"南溪羡慕地说。莲舅舅参加过抗美援朝，复员回来后在铁路工地上当工程师。休假时他从来不回他在乡下的家，而是来北京看莲一家人，因为他和舅妈不好。他每次来都给他们带礼物，好吃的，点心和奶糖，还有很多好玩儿的东西，他们姐弟仨最盼着舅舅来北京了。

"你吃过巧克力吗？"南溪从她妈妈的抽屉里掏出一盒糖，也是黑糊糊的，一股怪味，不过还是挺好吃的。"这是外国的。"南溪翘着二郎腿，摇头晃脑地舔着手指头上的糖渍。"我妈妈去过外国，外国就是苏联。"她肯定地说，莲也表示同意。

窗台上摆着一排刚摘下来的橘黄色大柿子，"你拿走几个吧？豆豆给我的。""不要，乔也拿回家不少呢。你看，他俩正像猴儿似的在树上爬呢。"南溪的床正对着窗外那棵大树。

"瞧这个！"南溪从床头柜上拿起一个大海螺，放在左耳朵上听了听，又递给莲。"我叔叔给我的。他是船长，在海上工作。"莲从来没见过南溪说的这个叔叔，她认为那是南溪的一个幻想。莲听着里面像海浪一样的呼啸声，露出非常惊奇的表情，"这是什么声音？"南溪接过来自己听着，"记着以后我要是死了，你就拿它听我和你说话。""瞎说什么？我们才不会死呢。大人才会死。"莲轻轻把海螺放在小桌子上。

"下午带你去一个地方吧。"莲向南溪提议。"你见过死人吗？"这下南溪睁大了眼睛，半天说不出话来。"死是什么？""我也不知道。咱们一起去看看。"莲很神秘地从床上下来，怀里揣着书，提着放在门口台阶上的垃圾桶，回家去了。

一个穿着破旧的灰棉袄的老头儿在门口等着她们，然后带着莲和南溪穿过好几条小街，来到一个狭窄的小胡同里，一道门开着，院子里聚了很多孩子，好奇地探头探脑。"让开，让开，"老头轰开孩子们，对莲说："就这家了，看看就得，别弄出动静来啊。"莲和南溪急忙趴到窗户上，紧张地屏住呼吸，眼皮都不敢眨，使劲向屋里看——一个老头儿裹着崭新的深色衣服，躺在一个象炕似的大床上。他的脸特别消瘦，腮帮子深陷下去，嘴里似乎塞着什么东西。屋里地面上，停放着一只棕色棺材。

"这就是死吗？"南溪脸色苍白，差点从窗台上掉下来，回头对莲说。"他嘴里有什么东西？人死了还能吃东西吗？""快走吧，老杨，"穿灰棉袄的老头催促道，"人家家里人一会就来了，不做兴你们这么大惊小怪地瞧。"

莲带着深深的震惊和南溪离开了，一路上都不说话。晚上她整夜做梦。"死是什么？人为什么会死？"她问自己，模模糊糊地知道死就是没有了，再也见不到了，一想起有一天爸爸妈妈也会死，眼泪就顺着脸颊流了下来。

她醒了，穿着睡觉的短衣裤，越过在同一个大床上熟睡中姐姐的身体，爬下去，打开房门，走到院子里的大柿子树下。

她望着天空，满天的星斗似乎在旋转，想着这就是宇宙，心里不由得恐慌起来，一个更大的无限和未知象一块巨大的黑幕，向她压下来。人们说宇宙是无边无际的，那得有多大啊，那人在这无边无际之间，该怎么办？她突然想到有一天她自己也得死，飘向这个大得没边的宇宙，她觉得自己要疯了。

"妈妈！"她在心里喊叫着，但她并没有敲开爸爸妈妈的房门去寻求帮助，他们太忙，没功夫管她。她带着自己无解的疑问和恐惧，光脚踩在冰凉的地面上，又回到床上去了。一会儿，脸颊上的泪珠在月光映照下还在发着光，她睡着了。

6

莲最怕妈妈给她洗头发。她的头发太多太密，小时候都是姨妈或姥姥帮着梳成两个沉甸甸的发辫，扎上猴皮筋，或者绸带子。后来她自己会梳头了，就按照当时流行的方式简单地扎起来。每次洗头，妈妈都狠狠地把她的头按进水盆，打上肥皂，然后狠狠地揉来揉去，揪得她的发根生痛。她心里隐隐地感觉妈妈对她没有耐心，实际上妈妈对所有的家务活儿都没有耐心。作为三个孩子的母亲，她不得不照料他们，但她的心思显然在别的什么地方。

莲上小学没多久，姨妈就离开了他们家，嫁给了化工部一个给部长做饭的厨师。以后许多年里，三个孩子经常去看姨妈，吃姨夫给他们做的"大菜"。姥姥仍住在家里，帮妈妈带乔。姥姥紧裹着的小脚上穿着尖头的绣花鞋，她经常躺在那张大床上，揉着自己几乎已经瞎了的眼睛，望着天花板，哼哼唧唧地唱着小曲，乔在一边酣睡着。莲一直觉得妈妈对姥姥不怎么亲，姥姥叫她"横妮"，因为妈妈对姥姥说话的态度经常很凶。姥姥有时伤心落泪，告诉莲和堇她要回老家，但始终也没走。

听姨妈说姥姥原来是老家出名的美人，女红也做的特别好，绣的花活灵活现，远近闻名，后来嫁给了在县里当校长的姥爷。姥爷也是县城里的名人，莲后来在县志里找到他的名字，在上个世纪初法国传教士们最早修建起来的西式学校里做校长。学校的规模很大，二十年代地方动乱中被毁之后还剩余一百多间校舍。妈妈在浑然不知的年岁大约享受过几年好日子，但随着西方文明和洋枪洋炮进入中国，姥爷吸上了鸦片，从此这个家一败涂地。姥姥受了很多苦，姥爷早早就抽鸦片抽死了，她靠给有钱人家绣花做零工，独自把妈妈和舅舅养大成人。她的眼睛就是那时日夜做活给熬瞎了的。

姥姥每天都念叨舅舅，她唯一的儿子——铁路局的工程师，随工程迁移，一年才能回来度一次假。姥姥不仅养大了这两个孩子，还让他们都上了大学。妈妈师范毕业后学了化学，舅舅学的是工程学。但她也包办了他们两人的婚姻，妈妈嫁过一个县城里的富人，很快离了婚，而舅舅娶的这个女人却不肯放过他，至死不肯离婚。她在家乡带着他们唯一的儿子过，而舅舅从来不回去看望他们，只是给他们寄钱，他到北京来看姥姥和妈妈，住在莲家，直到假期结束又回到工地上。

有一个时期，家里除了姥姥姨妈，还有爷爷和奶奶。院子里家家都有老家来的亲戚，但谁家也没有莲家那么多农村的来客，走马灯一样从来没断过。他们来时扛个大包袱，装的是白薯或者棉花，走时包袱里装的是米和面，尽管家里也不富裕。后来妈妈告诉莲说，这是因为爸爸参加革命给家里人带来太多灾祸和麻烦，爸爸觉得对不住他们，所以谁来也不能拒绝。妈妈也从来没象其他家的女主人那样，给他们脸色看，而是尽量招待，给他们买回去的火车票。

爷爷架着双拐，大夏天里也穿着厚厚的棉裤，莲觉得他喉咙里好象有什么东西似的，永远不停地咳嗽着。奶奶又瘦又高，身板挺直，很威严的样子。妈妈说爷爷的腿是土改时被贫下中农给打断的，因为他们家是富农。实际上爷爷家是村里最富的，之所以没有被定成地主，是因为他们全家人都劳动，而且是村里最勤劳能干的，他们的家产都是一代代积累下来的。家里除了几百亩土地，还有两座香油作坊，那一带的香油都是他们出产的。后来作坊被充了公，直到文革期间莲和乔回老家时，还看到它矗立在村口——虽然已残破不堪，但仍然是村里看起来最高大殷实的建筑。

爷爷奶奶没住多久就回去了，他们住不惯城里，惦念着他们的老房子和地里种的东西。爸爸唯一的弟弟在爸爸离开家乡后一直留在家里侍奉父母，爸爸破天荒地用他的关系给叔叔在石家庄找了个粮库的工作，使得他能够经常回家去看望父母。听说爸爸还有个妹妹，也是他们家乡出名的美人，她订了亲，但还没过门年纪轻轻就去世了，没有留下一张照片。人们经常谈论她，谈论她的美貌，她的红颜薄命，在莲心里留下了深刻的印象，她常常想念这个从未谋面的姑姑，想象她短暂的生命，不幸的身世，以及她和莲与姐姐以及他们这个家族女性之间的神秘联系和渊源……

7

　　莲在学校里当了少先队大队长，不是主持活动的大队主席，而是负责墙报的宣传委员。可能来自姥姥和妈妈的家传，她从小就喜欢画画，堇的图画课作业中的小人儿，都是她给画的。她和乔把家里所有能找到的纸上，甚至墙上，都画满了小人儿。莲画的是穿古代服装的仕女，头上挽着高高的发髻，乔画的是骑马打仗的大将，挥舞着大刀和长枪。男孩子们跪在地上，用粉笔书写着他们彼此之间的赠言。许多年后，他们的石灰院墙上，还有几个清晰的粉笔写下的大字：杨乔大王八蛋！

　　选她当大队委员，不是因为她积极参加活动或功课好，而是因为她除了喜欢画，也特别喜欢写。刚上一年级时，老师让孩子们练习看图识字，写一只乌鸦如何喝到瓶里的水。大家都写不出来，因为他们认识的字还太少。只有莲写的字最多，她写了很长一段，还描写了乌鸦的心理。她得了全班第一，老师夸奖了她。这一夸的作用非同小可，她从此深深地爱上了写作。别人都很触头的作文课，却始终是她最为期盼的。她的每一篇作文，老师都会在全班同学面前朗读。

　　三四年级时，班里的孩子们突然开始分男女界限。本来懵懵懂懂的男女孩子们放学路上都是手拉着手的，胸前用别针别着绣着名字的手绢，书包带上挂着搪瓷小水碗儿，亲密无间，不分彼此，突然间谁也不理谁了，还在课桌上用粉笔划上一道线，不许超越。一次莲的胳膊肘越过了界限，被坐在旁边的男孩子给推了回来。莲很愤怒，"那你干吗碰我胳膊？"那个男孩子面红耳赤，被大家哄笑不止。

　　下课时，明显地男生聚在一堆儿，女生聚在另一堆儿。莲和班里几个高个儿女生老是在一起。她们只和班里一个功课最好的男生说话，他是班长，负责收集所有学生的作业。有次有个调皮鬼欺负新来的女生叶红——她是全班个子最高的一个——在她铅笔盒里放了条毛虫，还学她说话的口音，抢她的书包，把她气哭了。于是她轮起书包，绕过课桌追赶他，她们几个围追堵截，最后把他推倒在地上，由叶红骑在他身上把他捶打了一顿。从此以后，那些捣蛋鬼不得不对她们另眼相看。

但是五年级时新来了个教音乐的女老师，对付这帮坏小子就没那么容易了。所有的男生，除了班长，都变得异常亢奋，因为这个女老师不但非常年轻，还长得很漂亮。她喜欢穿白色的连衣裙，胸脯挺得高高的。那些小男孩儿们正在变声，喉结开始突起，也许是对自己身体的变化感到困惑，他们变得更加粗野。经常把女老师气得掉眼泪。有的男孩子还故意冲来撞去，躺倒在老师脚前，为的是从裙子里面看她的大腿和衬裤。

一天莲放学回家，发现院子里的孩子们都聚在门口，豆豆兴奋得满脸通红，"他又来了！他们俩儿一起出去了，往河边去了！"他说的是每天给院子里送信的邮递员，和前院国务院参事徐老的大女儿。她中学毕业后没考上大学，在家休学，和那个留着一撇小胡子的年轻邮递员眉来眼去的，好象是谈上恋爱了。他们这些小孩子还不懂什么叫谈恋爱，但是都隐隐地感到发生了什么事——而且是非同小可的事，初次看到男女之间的柔情蜜意，看到女孩儿把头枕在小伙子的肩上，小伙子用手搂着她的腰，让他们受了不小的震动。豆豆说多年以后他还记得这情景。他们成群结伙地跟在两人身后，直到走出很远，其中一个人发现了他们，转过头时才一哄而散。

人群里没有乔。平时他经常跟在豆豆身后，哪里有豆豆，哪里就有他。莲进了家，发现他的房门关着，她很好奇地打开门，看见乔横躺在大床上，把头蒙在被子里，两条突然变得很长的大腿搭在床边。她过去拉开被子，扳过乔捂得红乎乎的脸。"怎么啦？"乔不理她，立刻又把被子蒙在头上。

"别烦他。"堇说，拉着莲从屋里出来，"他刚买的二极管丢了。"莲知道乔正在学做矿石收音机，为了买二极管已经攒了好长时间的钱了。乔什么话都没说，可她知道他有多么伤心。她走进自己的房间，打开抽屉，掏出一只小瓷猪，把底部的塞子打开，从里面倒出一堆钢蹦儿——这是她攒了好久的零用钱——准备买乒乓球拍的，那会儿她正迷上了打乒乓球。她把它们哗地撒在乔身边，摸摸他的头，关上门出来了。许多年后，当他们一家人天各一方时，她经常想不起分别已久的弟弟长成什么样子了，出现在她眼前的总是乔那张挂着眼泪的脸上绽开的笑容。

莲每天负责倒垃圾，垃圾站在学校后院，她对那个地方有莫大的兴趣，除了垃圾站，还因为院墙的另一边是广播电台的食堂，经常杀猪。每次杀猪时都吸引了一大堆小学生在那里观看。猪的惨叫声甚至传到教室里。既惊心动魄，又充满了莫名其妙的吸引力。有一次被绑在案板上已经挨了一刀的猪竟然挣脱了窜了出去，在院子里飞奔，把大家吓得不轻。

莲来这里还有个属于她私人的小秘密。她认识了一个拣垃圾的老大爷，就是那天带她和南溪去看死人的老头儿。人们都叫他"老魏头"，而莲总是恭恭敬敬地叫他"魏大爷"。他每天来这里等待学校倒出来的垃圾，莲一看见他就帮他把垃圾里的纸拣出来，纸能卖出比其他垃圾更高的价钱。后来莲不但为他在教室里收集废纸，甚至收集同学们扔下的任何可以卖的东西。老头儿每次见到莲，都嘴里不住地念叨着，说些感激的话。奇怪的是他叫这个刚满十岁的小姑娘：老杨。

莲终于有一次问了他一句："你干吗要捡垃圾？你有家吗？"老人一听老泪横流，他攥住莲的小手，"真是个好孩子。我没有了家啊，没了我那个狠心的儿啊！"

原来他是内蒙包头人，几年前老伴死后，从老家来北京投奔他在水利局工作的儿子的，儿子也接待了他住了些时候，后来儿媳开始嫌弃他，不停地吵闹，最后终于把他给赶了出来。老人在河边搭了一个小棚，和其他流浪汉一起靠拾荒为生。

看着老人一双满是青筋和裂纹，黑黝黝的手，莲被深深震动了。她第一次被贫穷、苦难、和冷漠震动了。她第一次知道了除了她这个温暖友爱的家庭以外，还有人在这样的境况中生活。

晚上钻进被窝，莲用被子蒙着头，不由哭了起来。他这么老了，他的亲生儿子竟然不肯养他，让他这样风餐露宿，独自流浪过活。她想和爸爸妈妈说，把他接到自己家里来，可是又知道不太可能，连爷爷奶奶都在家里不能久住。她只是把自己攒的零花钱和压岁钱，偷偷塞给他。

8

要过年了。莲兴高采烈，从前几天晚上就激动得几乎睡不着觉。大概是因为年纪小，盼着长大，那时的日子是一天一天过来的，每天都长得仿佛到不了头。不像后来的日子过得飞快，来不及品味和琢磨，一晃就又是一年了。

而地球的另一边，JENNIFER 对童年最早的记忆是在渡海去维多利亚港的海船上。几乎每月一次，父亲带着她和姐姐弟弟去温哥华看望住在那里的母亲。她还不知道为什么他们一家人分别住在两个不同的城市里。他们只是由于 1882 年排华法案而被迫分居两地的千百个美籍华人家庭中的一个。

她兴高采烈地和弟弟沿着甲板的旋梯跑上跑下，互相追逐着，大声叫嚷。弟弟似乎发现了什么好玩的秘密，招手叫 JENNIFER 跟他到旋梯下面的储藏室旁边。这里放置着一部饮料机。乘客可以投币买饮料喝。弟弟发现出水口顶部倒着套了好多层纸杯，一揪就可以扯下来一个。他们一会就过来扯下一个，直到负责看管机器的海员发现一个都不剩了。

爸爸叫他们安静下来。妈妈接他们回家去过节，不是过圣诞，而是过中国的新年。这个从淘金热时代就来到美国的家庭仍保持着故乡的某些习惯——正是这些被小心和郑重地传承下来的习惯使他们记住自己是中国人，来自大洋对岸那块遥远神秘的土地。

家里妈妈正在准备过年的食物。她端上烧好的鸡，放在所有其他食物旁边——鸡头一定要对着大门。过一阵大家才能动筷子，等被供奉的神感到满足了，等到一年里的坏运气从敞开的门里飘出去后，他们一年一度的庆典才真正开始了。

在那个对于 JENNIFER 来说，只是一个存在于地图上遥远而陌生的国家里，在那个她许多年后才来到的小院子里，虽然革命已经把那些古老的习俗扫荡一空，过年也带来同样的欢欣，特别是孩子们。天还没亮莲和乔就被前院苗苗家老阿姨叫起来，带着他们俩和豆豆一起去院子后面护城河边的小铺里买油条。天冷的很，路灯还亮着，三个人都被厚实的棉袄裹得紧紧的，带着围脖和大棉手套，像布娃娃一样，跟在阿姨身后沿着河边的小路顶着风往前走。那时正值困难年代，油条是奢侈品，难得吃一回。到了罩在河岸升腾的浓雾中那个油烟缭绕的小铺子时，天还是黑洞洞的，很多人在排队，豆豆窜来窜去老是想找个机会加塞，莲和乔站在人群里专注地，饶有兴味地看着师傅在一口大黑锅里炸油饼，看着那些面团在油锅里打着滚，逐渐膨胀起来，变成诱人的金黄色，捞出来放在一个个铁箅子里。

乔不停地吸着鼻子，眼巴巴地看着那些炸好的油条被捞出来放进别人的小锅里。直到天完全亮了，浓雾散尽时，才终于轮到他们，莲和乔迫不及待地站在那里先分吃了一个，然后才端着小锅往回走。

"什么时候能到共产主义啊？那就是每天都可以吃油条！"乔高兴地边走边说。"共产主义就是土豆加牛肉！"豆豆附和着。"没出息！"莲回头不屑地瞪了他们一眼。"共产主义"是她心中的崇高信仰，是她准备为之献身的事业。不许两个臭小子这样亵渎它。这时她已经把那本放在她床头的《钢铁是怎样炼成的》看了无数遍了，还把那段"人最宝贵的是生命……"抄在日记本的头一页。她心中充满神圣庄严的感情，仿佛一下就长大了，她时而觉得自己走在俄罗斯的荒原上，坐在咯吱作响的马车上，望着脚下的小路，期待着即将向她展开的命运，时而站在金碧辉煌的大厅里，倾听着崇高的宣言，眼睛里滚动着晶莹的泪光。她想象着自己就是书里的那些人：保尔·柯察金、朱赫来、丽达、米佳……，但她肯定不是冬妮亚，那个穿皮大衣的资产阶级姑娘，当她穿着水手衫，站在河边看保尔钓鱼时，莲还有点想像她，后来保尔在修铁路时再遇到她，她就浑身散发出资产阶级的臭气了，她嘲笑保尔，而她自己才属于那应该被消灭的阶级。

穿棉大衣的小姑娘脸上带着一副不屑的神情，沿着河岸高一脚低一脚地走着，虽然也很馋，但对于身边的俗世不屑一顾。在班里，她也看不起那些男孩子，他们发育的晚，还不如莲的个子高。莲远远看见河边空地上的几个油毡和破布搭成的小窝棚，她有点心慌地低头走了过去，没告诉她的伙伴们，那个"老魏头"就住在那里。

回到家里，妈妈正带领着姥姥和堇在做过年吃的菜——一种被妈妈叫做"豆酱"的杂烩：有黄豆、萝卜丁、肉皮，煮在一起，冷却后结成冻，每天挖一大勺吃。她们还蒸了许多二面馒头（白面和玉米面）和菜窝头，莲和堇帮着做，堇已经做的有模有样，而莲转来转去忙活半天，只捏了一只小兔子。

大家享受过油饼之后，乔又被妈妈派去打麻酱。每年春节，一家人凭证可以买几两芝麻酱。每人还有半斤花生和二两葵瓜子。乔一蹦一跳地端着碗走了，半个多钟头后才回来。妈妈看到只有一个碗底的麻酱，很生气地揪住乔去商店找售货员算账去了，说他们欺负小孩子。售货员双肘靠在柜台上，嘴角微微翘起来："别急，大妈，回家去称称你儿子，看看是不是长了分量？"原来是乔一边往家走一边用舌头舔着碗边的麻酱，他还太小，不懂得应该留下大部分只吃一小部分，所以一下就露馅了。那个年代，虽然大人们尽量把有限的食物都让给孩子吃，但孩子们还是都跟饿狼一样，见到什么吃什么。有时放学后，孩子们在院子里用长竹竿打榆树钱和槐树花，拿回家用棒子面糊上蒸着吃。或者成群结队去药店买山楂丸——一种又酸又甜专治消化不良的中药丸，用来当糖吃。那时候哪有人消化不良，恨不得连石头都能给消化了，结果是越吃越饿。

妈妈无话可说，只好在家里把过年吃的东西锁在一个小柜里，实行隔离政策。乔经过时总是要抬眼望一眼，趁妈妈不在时，他站在小板凳上研究了半天那个锁，一听见隔壁有动静，赶紧下来了。

吃完饭莲正和菫试穿妈妈做的新衣服——这是莲向往已久的大红灯芯绒上衣，一穿上把整个人都照亮了，突然听见有人敲门。她立刻跑到院子里，扑上去打开大门。莲从小就爱开门。为此姨妈警告她，小心坏人。

门外站着老魏头。他仍然穿着那身破旧的灰棉袄，灰白色的头发从一顶同样颜色的棉帽里伸出来，支棱着立在头顶上，他似乎害着眼病，两眼几乎被眵目糊糊住，眼角汪着泪水，满是灰尘和裂口的手里捧着一个大牛皮纸袋。他没敢进门，反而向后退了一步。"老杨……你出来。"

"你怎么认识我们家？"莲不胜惊讶，老魏头让她走到门外，把身后的大门关上。"这是给你过年的。"老人打开纸袋上方的口，莲伸着头向袋子里看了一眼：里面装着满满的花生、瓜子和苹果、橘子！"这是谁给你的？"莲问，"你自己留着吃吧。我们家有。"

"俺知道你们家有。这……这算是俺的一点心意。"老人说。把袋子塞到莲的怀抱里。然后他转过身去，抽紧棉袄上权当腰带的麻绳，拖着露出棉絮的沉重的大头棉鞋，一颤一颤地走了，一边走一边用袖子擦着自己不停流泪的脸。

莲楞楞地站在那里，穿着过年的红衣服，抱着那个大纸包，半天没动地方。她不知道老人从哪里得来的这些奢侈的食物——是什么人送他的还是他从哪儿捡来的？这永远成了一个迷，莲再也没有见过他。老人从河边的小窝棚里消失了，她到那里去找过，没有人知道他上哪儿去了。但莲始终保持着收集废纸的习惯，把它们交给那些新来的拾垃圾的男人或女人。

9

莲突然在家里可以看到爸爸了。这些年悄然发生了一些变化，中监委撤销了，有些人搬出了这个大院子，爸爸被派往西北边远的一个省任副省长，但没多久就回来了。妈妈说他得了肝炎，"三年困难时期"家里人都得了肝炎，爸爸妈妈是慢性的，三个孩子是急性的，大概都是在幼儿园传染上的。好在孩子们很快就痊愈了。

在莲模糊不清的记忆里，爸爸在她还上幼儿园时也在家呆过一段时间。他为了调查空军的一个大贪污案，夜以继日的工作，耳朵突然聋了，妈妈说是累的。只有在他生病的时候才能看见他。所以每次爸爸生病，莲都感到很高兴。她自己也盼着生病，生病对她意味着可以不上学，还可以吃到鸡蛋羹。

但是这次，爸爸在家呆了很久，莲似懂非懂地听董说，爸爸因为工作分配的事情和领导发生了冲突。他没去他们分配给他的交通部某个局，并且为此受到处分。突然闲散下来的爸爸似乎并不愉快，而且再不像小时候那样亲她抱她，但总会握住她伸过来的小手，对她仍是有求必应。当他和妈妈关起房门时，经常听到妈妈在责备他，要他不要抽那么多烟。无论何时，莲见到爸爸时，他都拿着烟，有时烟烧到手指了似乎他都不知道。听到爸爸的咳嗽声和妈妈的抱怨声，莲隐约感到发生了什么事，但很快，这些平静生活下隐秘的潜流就被一场巨大的风暴席卷涤荡，每个人都被裹挟其中，随波逐流，无法抗拒的狂滔巨浪将把他们带到天涯海角，演绎出无数令后来的人们难以置信的生离死别的故事。

这年莲小学毕业。尽管他们已经考完毕业考试和那年新增加的升学考试，学校却突然一下全都停课了。这时正好也该放暑假了。叶红的父亲是铁道兵西南军区的司令，正在修成昆铁路。而莲作为交通部家属可以享受的铁路免票马上就要作废了，她和另一个同学小岩决定随叶红一起去成都看她的父亲。

这是她们生平第一次坐火车长途旅行。每个人的妈妈都反复叮嘱她们要注意什么，为她们准备好行装，还把她们托付给列车长。列车经过华北平原进入陕西和四川的大山，景色变得壮丽起来，她们一路大呼小叫，对所看到的一切都无比好奇。过第一个山洞时，莲睁大眼睛，享受着骤然而至的黑暗、兴奋和神秘——就像即将展开的人生……但接着就过了一百多个同样的山洞，弄得她们一个个灰头土脸，满脸煤渣样的碎屑，几乎睁不开眼睛，这才安静下来。

她们到了成都，叶红的父亲为她们安排了辆吉普车，带她们去了重庆，参观了歌乐山——小说《红岩》里的"白公馆"和"渣泽洞"，还去了大邑县的"刘文彩庄园"，看了著名的雕塑"收租院"——这些都是当年典型的革命教育基地，她们从小就是在这样的教育中长大的。要爱祖国和人民，缅怀革命烈士，恨地主和国民党反动派。要继承烈士们的革命遗志，把他们的事业进行到底。

接着叶红的父亲要去成昆铁路工地视察，她们就随他一起去了位于大凉山的工地。他们进入到川西的崇山峻岭，沿着汹涌的大渡河一路前行。沿途的风景奇绝，一层层的瀑布顺着峭壁飞泻而下，整个天地都笼罩在云雾中。在一个工地欢迎他们的晚会上，莲看到一些破衣烂衫的彝族人也围聚在他们身边，对现在还有这么穷的人深感吃惊。其中一个人，瘦的皮包骨头，看起来像具骷髅，他穿着肩膀高耸的黑色斗篷，蹲在地上的形象就像一只乌鸦。工人们住在简陋的工棚里，用一只发动机发电，灯泡时亮时灭，莲影影绰绰地看到那些人黑黝黝的脸。当他们到达泸定时，司机带他们去看当年红军强渡的铁索桥，这都是宣传画上和课本上讲述的故事。莲突发奇想，独自一人走到河边，由于深山峡谷的地形，大渡河的水流特别急，突然在草丛里发现一只大得惊人的蚊子，那蚊子发出嗡嗡巨响，开始追击莲。莲吓得没命地向山坡上跑，心跳如擂鼓，直到回到吉普车前，人们告诉她蚊子没有来追她，才松了一口气。但被这只蚊子追击的场景经常出现在她的梦境中。

一个月后她们回到北京。下车时看到整个车站都变样了，到处红旗招展，满地乱七八糟，一队队带着红袖标的人群喊着口号从眼前经过。"怎么了？出了什么事？"莲惊恐地问身边的小岩。原来在她们离开的这段期间，北京发生了天翻地覆的变化，她们的生活被永远地改变了，史无前例的文化大革命开始了。

文革

1

历史上那些大事件都是怎么开始的？也许还有许多个不同的版本。后来的人们追述历史时，经常发现一些语焉不详的预兆。在他们的描述中，似乎一切现象都是互相关联的，某种不可知的力量通过天象给世人以警告。然而莲的记忆是不是真的？1966 年夏天的一天，天空突然变成了令人恐惧的暗黄色，好象浓茶汤那样的颜色，接着下起了泥浆般的雨点。

莲和南溪刚从街上回来。刚刚发生的一切令她们心惊肉跳。实际上早在一个多月前就发生了一系列的事件，报纸上开始有所指的批判什么人，北京大学出现了第一张大字报，毛主席发表了"炮打司令部"的宣言，所有的学校单位都人心惶惶，空气里充满了动荡不安的因子，汇集了各种信息，酝酿着各种能量，仿佛一只随时会爆炸的沸水锅炉。

昔日平静的街道上，狂热的人群正在通过，他们见什么砸什么，摘下商店的招牌，扔在地上，用脚踩碎。马路边上的阴沟里可以看到被削掉头的尖头皮鞋，和剪碎的绸缎连衣裙。一群年轻人，带着红袖箍，正揪住一位打扮入时的中年妇女，剪掉她的卷发，女人哭着，徒劳地企图用手护住自己的头。

莲和南溪走到胡同口时，遇到莲的小伙伴大娃娃，她一脸激动异常的表情，一把抓住莲的袖子，"他们打死人了！""谁？""梅建国！"这几个字让莲的心头一震，她认识他，和大小娃娃住在同一个胡同的男孩子。他从小就逃学，在街上游荡，偷东西、打架，结识了一帮年纪比他大得多的社会团伙，被莲院子的孩子们又恨又怕地叫做"土流氓"，他还在胡同里劫过莲，说要和她"交朋友"。他个子不高，脸色苍白，头发有点卷，有着小狼一般令人难以忘怀的表情。

莲和南溪还不能把"死"和这样一个十几岁的男孩儿联系在一起，一大群骑着自行车的年轻人突然呼啸而过，几乎把她们撞翻在地。她们惊恐地把身体贴在墙壁上。他们斜挎着军用书包，里面鼓鼓囊囊的，有的手里举着砖头，有的攥着皮带。远处墙根底下，有一大滩血，一个人形的东西躺在上面。

莲瞬间在那些疯狂的少年里认出一张熟悉的脸，那是同院的豆豆。他满脸通红，因亢奋而扭曲痉挛的面部肌肉使他漂亮的容貌走了形。他挥舞着手中带铜扣的皮带，大声喊叫着，连站在莲身边的南溪都没看见。莲睁大眼睛，追随他们的身影竭力辨认了一番，松了一口气。里面没有乔。

她们没敢走过去。莲吓得脸色惨白，被大娃娃揪到胡同里一家敞开的大门。这里聚着许多人。一大群带着红袖箍的年轻人正里里外外地往院子中央搬东西，一股红色的火苗正燃烧着。莲突然发现，这是她小学同学郑敏敏的家。她爷爷是中国有名的桥梁专家，水利部的总工程师，从国外回来的。敏敏的奶奶是苏联人，但是早就过世了。他们搬的那些书就是他从国外带回来的外文书，还有许多线装书，他们说他的家庭是大地主，被两个穿军装的小伙子一本本地撕碎了往火里扔。满地都是砸碎的瓷片和唱片。

莲顺着人们的目光向火堆旁的一棵大树下望去，她看见了郑敏敏，她低着头，蹲在地上，她身边有一副担架似的小铁床，上面躺着一个盖着被子的老人——她的爷爷。莲挤过去，看见老人紧紧闭着眼睛和嘴唇，一滴泪水似的东西挂在他的布满老人斑的脸上。他病得很重，但还活着，是被那些造反派抬出来的。他们要他亲眼看着他的那些"封资修"的黑书怎样被烧掉。这是造反派们一天里最大的"战果"，因为他一个人就集"封资修"于一身。

莲想走到郑敏敏身边去，但她没敢，只是默默注视着她弯曲的雕像般的身影。她一直很崇拜郑敏敏，她是班里最沉默寡言，最清高的女孩子。但是只有她能和莲谈论莲在读的那些书——从南溪妈妈书架上源源不断偷来看的书。莲惊惧地看着一批批的书，她刚刚发现的美丽新世界，她最崇拜和迷恋的那些书，被人们扔进火堆，迅速地烧成卷，化为灰烬。她的脑子一片空白。她不记得后来的事是人们告诉她的，还是她自己亲眼看见的。

在冲天的火光里，在疯狂的人们的集体盛宴中，郑敏敏的爷爷咽了最后一口气。她蹲在他身边，握着他的一只手。她的身影像雕像一般凝固在莲的记忆里。

2

1966 年 8 月，莲后来发现几乎所有的事件都发生在这短短一个月间，以至于她无法记清事件的顺序，全都混乱不堪，只有一些深深刻印在她记忆里的场景。它们对她来说唯一的意义是她的童年在这段不寻常的日子里戛然而止，过早结束了。

院子里突然涌进来许多外地红卫兵，他们是从各个省市来北京准备到天安门广场接受毛主席检阅的。莲的家里也分配了好几个南方来的红卫兵，妈妈给他们腾出一间屋子，打了地铺让他们睡在上面。其中有个特别年轻的女孩子，莲后来才看出她是女孩子，穿着一身松垮的军装，剃成一个光头，脚上绑着一双草鞋，一举一动都像个放荡不羁的男孩子。她还一口一个"他妈的"，往地板上吐痰，莲觉得特别讨厌，虽然她自己也把头发剪得短的不能再短。其实那女孩儿的眉眼长的挺秀气的，可能是她觉得自己的样子不够革命，故意要显得特别粗野。纤细的腰上系着宽大的板带，仿佛随时准备摘下来打人。她在莲家里出出入入如入无人之境，晚上妈妈关上他们的房门，告诉莲他们明天一早就会走。

莲和南溪也打算第二天去天安门，这时毛主席已经好几次接见红卫兵了，她们也想见毛主席，不愿意错过这个伟大的历史时刻。莲后来问起许多比她年纪大的同代人，发现并不是所有人都去了，不知道为什么还在小学的她反而去了。而且既没有跟着董和她的同学去，也没有和自己学校的红卫兵在一起，但她和南溪确实在现场。那一阵她们俩老是在一起，形影不离，自从毕业考试结束后，学校里停了课，中学生们正为那幅对联"老子英雄儿好汉，老子反动儿混蛋"闹的不可开交，莲和南溪经常骑着自行车在外面乱逛，她们到广场去看各个院校和文艺团体的演出，站在自行车的后座上越过观众围成的人墙向圈里观望。

天还黑蒙蒙的，她们就起来了。莲穿了一双她最喜欢最舒服的布鞋，这是妈妈手工里唯一剩下来的一双，因为她们得步行十几里路走到天安门去。她们到达时广场上已经聚满了人，用那时流行的话形容再准确不过了——到处锣鼓喧天，一片红旗的海洋。莲和南溪很快就被淹没在这红彤彤的海洋里。她们在人群里挤来挤去，随着人潮移动，变换着地点，希望能看清楚天安门城楼，因为一会儿毛主席和其他国家领导人要站在那上面。但整整等了一个上午，毛主席也没出现。她们又饿又渴，伸着脖子，望眼欲穿地盯着城楼上的动静，南溪累得坐在地上几乎睡着了。突然人群中一片骚动，有人喊道："毛主席来了！"人潮一下向前涌去，莲几乎被卷倒，她拉起了南溪，但一会儿一直抓着她的手的南溪就不见了。莲惊恐地到处找南溪，一面抬着头用眼睛紧张地搜索，生怕错过了这激动人心的伟大时刻。她看见城楼上确实出现了一些人影，但什么也看不清，喇叭里传来震耳欲聋的讲话声，马上就被广场上同样震耳欲聋的欢呼声淹没了。

不知何时，莲已经涌到金水桥附近，不知道是她自己走过来的，还是被汹涌的人潮裹挟来的，一大群红卫兵疯狂地齐声喊着："我们要见毛主席！我们要见毛主席！"莲在人群的缝隙中，在一堆挥舞着小红本毛主席语录，带红袖箍的手臂之间，一下看见了南溪尖下颏的小脸，她正拼命地往莲这边挤呢，两个失而复得的朋友终于紧紧拉住彼此的手。正在这时，雷鸣般的呼声响了起来，仿佛大地都在震动："毛主席来看我们了！"

一排由卫兵组成的高大的人墙挡住了她们的视线。听说毛主席坐吉普车到广场上来接见红卫兵了。这个消息让所有人都热血沸腾，大家急的拼命往上窜，想要看清到底发生了什么。有人甚至像猴儿似地爬上了华表。两个可怜的小姑娘又一次被挤开了，并且被无情地挤到了人群的后面。

莲已经身不由主地被人流裹到了另一处地方，仿佛越来越远，正当她已经绝望了的时候，人群又开始地动山摇地狂吼起来，果然她也好像在众目所归的方向看到了什么，其实这时她已经有些神志不清，但她千真万确地看到了一只举起来的胖手，在所有人头顶上挥舞着。莲瞬时间热泪盈眶，就是这只不知是谁的手，将指引她未来的方向，她将和这千千万万个革命青年一起，跟随着这只手，勇敢地义无反顾地奔赴任何他要他们去的地方，甚至献出自己的生命。她心中充满巨大的幸福，这种幸福是没有经历过那个时代的人无法想象的。那充溢在她心头的革命激情来自一种从过去十几年的教育中，特别是所看的那些电影小说里培育起来的"道德美感"，那些早已经灌输在他们的头脑里却并不解其义的革命词句和浪漫主义情怀，在这样万众欢腾的盛大时刻，像酵母一样在每个人心头发酵、膨胀，那就是有一个伟大的事业等待他们去完成，"任重而道远"，她为自己能赶上这样一个伟大的时代而庆幸。而"革命"是什么？在和平年代里，所有的年轻人都不知道，那只是一个抽象的词汇，就像光着的脚要穿上鞋一样，要革命的人在寻找"革命"，继而要去寻找革命的敌人，现在他们终于知道了自己的使命：跟随毛主席，砸烂旧世界！建立一个红彤彤的新世界！

然而那双手很快就不见了，疲惫不堪的莲发现自己的鞋不知什么时候给挤掉了。人潮开始渐渐散去，她茫然地站在广场中央，不知道自己该往哪儿去，该干什么。整个广场就象遭遇了一场浩劫似的，遍地狼藉，到处是人们丢下的垃圾和碎屑。她漫无目的地徘徊的当儿，和南溪又一次重逢了。南溪已经披头散发，嗓子哑的几乎说不出话来，她们早已经忘了自己一天都没吃没喝，现在一心只想怎么回家去。她们发现广场中央堆了一堆鞋，象一座小山似的，看样子不少人和莲一样，挤掉了鞋。两人蹲下来在鞋堆里翻起来，都是一只一只的，大大小小，颜色各异，形状不同的布鞋和球鞋。南溪最后帮莲找到一对差不多大小的黑灯心绒面布鞋，和莲本来那双有点象，但要大得多，而且都是左脚的。莲也顾不得了，虽然有点心疼丢掉的是自己最心爱的一双鞋，但和见到毛主席的喜悦相比，实在算不了什么。在和南溪往家走的路上，这双不合脚的鞋给她带来莫大的痛苦，莲走几步就得停下来，后来索性脱下来提在手里光着脚走，天快黑了才到家。

3

　　妈妈警告她不要在外面乱跑，莲接到通知，要她到学校去。她先在走廊里巡视了一番，墙上最显著的角落里，仍贴着那张她自己写的大字报，以及旁边许多被她抛砖引玉铺天盖地随之而来的大字报，心中感到隐隐的骄傲。她带着几个同学去董的中学里参观，回来后商议了一番，写出这么一份措辞激烈的大字报，大家推举她执笔，因为她不仅作文好，毛笔字也写的好。她们质问校领导为什么不肯揭开学校里阶级斗争的盖子？为什么压制同学们造反闹革命？她慷慨激昂地使用了一系列的排比句和反问句，对自己的文字感到非常得意，甚至在睡梦中都会不断重复那些一气呵成的漂亮句子。她还记得校长，一个优雅的白发老太太，一向很器重莲，和妈妈也很熟，打开办公室的门，见到她们的举动时脸上吃惊的表情。

　　现在学校里早已没人上课了，到处乱哄哄的，校领导已经靠边站，老师们有的被关起来写检查，有的在校园里打扫卫生。大部分教室空空荡荡，贴着封条，莲所在的六年纪教室成了小学校红卫兵的总部——莲是创始人之一。

　　她从窗户里向楼下看，那个挂着牌子扫地的是教体育的小韩老师。一个健壮英俊的年轻人，是莲和高年级女生们暗恋的对象。莲看不清他胸前牌子上的字，但对他卑微恭顺的样子感到十分震惊。一个女生正对他呵斥着，他低着头向身后的甬道退去。他这么年轻，能有什么事呢？他怎么变成了这样？他身后的墙边，校长弯腰弓背地在抬起一只垃圾箱，她很瘦弱，很吃力的样子，一个带红袖箍的男孩儿手里举着一根木棍，不知道在冲她嚷着什么。突然一棍子砸在她白发苍苍的头上。莲像被雷击了似地哆嗦了一下，迅速离开了窗口，她隐隐地感到这些仿佛和她有着什么关系。教室的门打开了，一个低年级的小男孩向她招招手，她走了进去。

坐在第一排课桌上的是小学红卫兵的头儿，外号叫"大窝头"的高个儿男生，他是个著名的捣蛋分子和资深留级生——从上一级留到他们班，又从他们班留到下一级，所以他的年龄和个头儿比所有孩子都大一截。他穿着一身黄军装，帽檐低低地压在眼睛上，叉着两条长腿，神态傲慢地望着刚进门的莲。

"你知道吗？为什么叫你来？我们刚刚从内部得到可靠消息，你爸爸的问题已经被揭发出来了，他是大叛徒。他从 1930 年抗日战争起就背叛革命了。为了保持我们队伍的纯洁性，你不能再当红卫兵了。我们现在宣布，你被开除了。"他微笑着又补充了一句："以后你别再来了。"所有人的目光都集中在莲发烧的脸上。

她懵住了。但她很快就镇定下来。她不知道从哪儿继承了这种与生俱来的沉静，这时她最在意的是她要在大事面前不乱方寸，在这个她一向看不起的"大窝头"面前，保持自己的尊严。她紧紧咬住自己的嘴唇，从容地从袖子上褪下那个用墨汁写着"毛泽东主义红卫兵"的红袖箍，扔在桌子上。从今天起，她不愿意再和他们为伍。

从学校往家里走的路上，这条走了千百次的路上，莲止不住自己哗哗流淌的泪水。这是她人生的第一个打击。她从来都是最好的学生，众人目光的中心。她的生活里充满鲜花和赞美，无论男生还是女生都以能和她接近为荣。她干的无论什么事，都是这个小学校里第一个，他们只有效法她和羡慕她的份儿。现在他们把她开除了！那个连话都说不利索的"大窝头"宣布她再也不能到学校去。她永远也不会再去了！她还什么都没开始干呢，那个红彤彤的新世界就已经不包括她了。

可是，爸爸怎么了？他们一定是胡说！胡说！莲不相信任何他们说的话。他连 1930 年抗日战争还没开始呢都不知道。爸爸 30 年入的党，因为领导农民暴动坐了监狱。不管发生了什么，爸爸永远是莲心中的英雄。

走到胡同口，发现大槐树下黑压压地聚了一群人，几个人被围在中间。莲本能地感到一种恐惧：又出什么事了？这一阵每天都发生抄家打人的事，人们都像疯了一样。连他们小学红卫兵也跟着四处去掺和，那是"大窝头"他们最热衷的活动。

莲不知道她到底看到了什么，她把那些场景永远埋葬在记忆的最深处，如果不是在西雅图和 JENNIFER 讨论她们的书时，JENNIFER 反复追问她那天看到了什么，她是永远也不会再回想起这些来的。

她在人群里看到了妈妈。但已经不是平时的那个妈妈。她的头发被剪秃了，露出花白的发根。莲看到妈妈的头上包着一块蓝色的头巾。他们不允许妈妈带头巾。他们要她带着这个耻辱的标记面对她的孩子。妈妈手里拿着一把扫帚，在扫地面上的垃圾和尘土。她脖子上也象小韩老师一样，挂着一块牌子："地主婆"，有人向妈妈身上啐吐沫。姥姥举着拐杖，追赶那些侮辱妈妈的人，因为她是贫下中农，他们没敢对她动手。

莲不知道何时已经回到了家里，妈妈在水池边洗脸，莲才发现她的脸上被涂了什么黑色的东西。妈妈仍带着头巾，是莲给她包上的，她不愿意让孩子们看见她的头发。莲在想象中，一遍遍地给妈妈包上那块头巾。堇回来了，刚才乱哄哄的，莲没注意到堇一直在场，她带了同学从学校回来，她们冲上去，试图阻止那些人，和他们争辩，说妈妈根本不会是"地主"，她出身贫农，而她自己是革命教师。但那些人仍然宣布，妈妈和其他被"揪"出来的人得在三天之内离开北京。他们属于应该被清除出首都的"黑五类分子"。

"妈妈，他们打你了？"菫带着哭声问，抚摸着妈妈脸上的伤痕。"没什么。"妈妈镇定地回答，一边用毛巾擦掉脸上的污迹。"别告诉爸爸。"她转向三个孩子："照顾好姥姥。"莲这时才看到了乔。他和莲一样，被吓傻了。妈妈又对菫说："照顾好弟弟妹妹。""妈妈，你不能走！我们等爸爸回来。"菫急切地说，仿佛爸爸回来一切就都会解决。爸爸去郊区工厂参加四清去了。莲突然想起今天在学校发生的事情，她差不多已经把它忘了，她不相信他们说的话。一个字也不相信。那是"大窝头"为了把她赶出红卫兵编造的谎话。她在心里坚定地对自己说。好像只要她不相信，这一切都不会发生似的。

这个家庭笼罩在突如其来的灾难带来的寂静中。莲躺在床上，一生中第一次她不能入睡。这些天来纷乱的印象像演电影似地在她脑子一幕幕掠过。她凝视着黑暗中被她紧紧关上的房门。当她看到街上那些被砸碎的牌子和汹涌的人潮时，看到梅建国那模糊不清的尸体和郑敏敏爷爷临终的病榻时，看到被逼着清扫操场的校长和小韩老师时，她感觉还能把灾难阻挡在门外。她震惊、恐惧、厌恶、困惑，甚至还夹杂着一种无法克制的隐隐的兴奋，但它们离她还有一段距离，她还能逃开。它们还仅仅是降临到别人头上的灾难，她还感觉不到疼痛。可现在，这些别人遭受的痛苦却像无情的洪水一样从门缝里溢了进来，进入她自己的家。谁也无法阻挡它们。她死死盯着她的房门，感到了一种无以名状的疼痛，在她的小手指里悸动，后来这种疼痛传递的神经通道似乎就此被打通了，留下了后遗症，她只要受到任何强烈的刺激，那尖锐的疼痛就会在她的小指尖上跳动。提醒着她自己感觉到的东西别人可能也会有同样的感受。

第二天下午，爸爸从工厂回来了。他是被单位叫回来参加运动的。莲和乔一天都在家里没敢出去，他们禁不住总是盯着大门，生怕有人闯进来。爸爸和妈妈在卧室里商量着什么，吃过姥姥做的晚饭，所有人都不知道什么滋味的饭菜大部分还留着桌子上。妈妈包着头巾，挎着一个小包袱从屋里出来，像一个农村妇女，爸爸仍穿着米黄色的风衣——只有这件遮风避雨的风衣还能给莲一点安全感。"你们和姥姥好好在家。听姐姐的话，别出去乱跑。我们出去避一避，等过了这几天就回来。"天完全黑下来时，他们一起走出了院门。

凌晨，莲醒来时，爸爸一个人回来了。他脸色苍白，手冷冰冰的。他告诉家人，他们到了永定门火车站，但那里已经被红卫兵封锁了，所有人都受到盘查。他们看到被打死的人躺在候车室的地板上。他们揭下妈妈的头巾，发现她被剪掉的头发。还搜出来她放在口袋里的安眠药，这是她带在身上，准备当他们再次侮辱她时服下的。他们把妈妈押送上火车，送到她几十年再未回去过的故乡。后来的资料说很多人在这次遣返中死掉了，他们无衣无食，无处可去，他们的故乡拒绝接受他们。不久后柬埔寨的波尔布特，中国最好的学生，也效法了同样的做法，把整个金边的市民在一夜之间赶到了农村，在使用任何真正的暴力之前，很多人自己就死在路上了。

爸爸坐在那里，神色凝重，一夜功夫好像苍老了许多。那件米黄色风衣搭在椅子背上，再不能给人安全感了，它不但保护不了这个风雨中即将四分五裂的家庭，很快连自己的主人都不能庇护了。

4

莲沉浸在自己的讲述中，脸颊上泛起激动的红晕，她没有意识到 JENNIFER 的问题把她早已经埋葬在记忆深层的往事一一挖掘了出来——那些早已消失的故事像微风吹过的涟漪一样层层浮现，把她带回那个对大部分中国人来说都是不堪回首的年代。

"可是，"JENNIFER 带着受惊的表情，深深吸了一口气，"为什么会发生这样的事情呢？""你们本来不都是住在一起的邻居和朋友，怎么突然间就变成了这样？没有人想去帮那些受害的人吗？"

是的，莲想，每一个经历过那个时代的中国人都应该问自己这个问题。当她还是一个懵懵懂懂的小孩子的时候，在那些惊恐无助的黑夜里，也问过自己。但她没有答案。历史欠他们这一代人一个回答：为什么？为什么发生了这些疯狂和罪恶？为什么人们允许它们发生？到底谁该对此负责任？就像二战时被炮火摧毁的世界，只要把所有的罪行放在希特勒一个人头上就行了吗？然而这个问题的答案只有他们自己去寻找。叙述的主体——受害的那一代人已经永远消失了，正在讲述的这一代人应该在他们自己也消失之前去找到那个答案。

莲告诉JENNIFER现在人们正在讨论一个发生在堇所在中学的著名事件——一群风华正茂的中学生，北京最好女校的花季少女们，在那个恐怖的八月的头几天，把她们的校长活活打死了，当她最后被一辆垃圾车拉走时，大小便失禁，身上有十几个冒血的窟窿，眼睛里都是沙子。这个事件使莲受到深深的刺激，她本来是毫无疑问要进入这个女校的，升学报名时，她想改报清华附中，爸爸都不同意。那时清华附中最早成立了红卫兵，而且第一个写出了"三论革命造反精神"的大字报。爸爸认为女孩子应该去最好的传统女校。但她们竟然做出了这样可怕的事，成为纠缠她多年的噩梦，一下摧毁了莲心中的偶像。而偶像的破灭，对于一个孩子来说，虽然可能并不足道，却是相当痛苦的。

"在那一天发生的暴行里，是所有人都动手了？还是只有少数人？没有一个人去救她？"JENNIFER 问。作为一个美国人，他们难以想象发生在那个时代遥远中国的一切。莲看见过一张二战结束后的照片，一群法国民众簇拥着一个被剃光头的年轻女人游街示众，她被指控犯了通敌罪，一个站在坦克上的美国大兵不解地看着，另一个跑过去给了她一块布让她包住自己的头。好像历史上所有最残暴的罪行和报复都是和那些最古老的文明相伴的。而未经受过此种苦难的美国人，有幸可以作为某种人类普遍价值的标尺而存在（JENNIFER 似乎并不同意莲的这个观点，认为那是她对美国的想象）。

"很多人参与了，也有人没动手。"莲回答，但她说不出谁站出来制止了，好像这是一个中国人都心照不宣的问题，没去做就够了，在普遍的暴行面前，反抗的人并不很多，反抗是要付出巨大甚至生命代价的。然而那些曾身处这种选择的人们认为什么样的道德标尺对他们是适当的呢？因为如今已经没有审判者，无法追罪或判罪，裁判的只能是他们自己——他们在心里为自己设立的那把标尺。

"那为什么有人做了？有人没有做？他们不是都生活在同样的环境里吗？"JENNIFER 接着问，这一连串的问题直捣莲的心脏，触到了她从来不愿去碰触的那些内心角落。"她们为什么恨自己的校长？怎么会有这么大的仇恨？"

是的，对于这些不谙世事的少年来说，从哪儿来的仇恨呢？有人说来自文革前的革命化教育，来自毛主席在 1962 年提出的阶级斗争理论，以革命的名义播下了仇恨的种子。是文革释放了那个蕴藏在瓶子里的恶魔？关于仇恨，从未经历过仇恨的莲难以想象它如何会在一夜之间变为一只狰狞的巨兽。但她从最近看到的一篇关于重庆武斗的文章里似乎找到了答案。在武斗甚至真正的战争开始前，人们只有抽象的敌人和目标，但当自己身边的战友倒下时，当人们看到同伴的血时，仇恨就产生了，人类的原始冲动就被激发了。革命有了敌人，战争有了理由，仇恨有了目标。但即使这样，在施害可以不受惩罚的时代，仍然有人干了害人的事，而有人没有做。这又是为什么呢？阿伦特把纳粹时代的罪恶定义为"极端之恶"和"平庸之恶"，我们的文革之恶又该怎样定义呢？难道不是每个人都应该反省和思考的吗？

莲在西雅图的日子，很多时间是在电脑旁度过的。网络使得她身处异地而仍能保持着和北京生活的种种联系。这一天和 JENNIFER 的工作结束后，她回到自己的房间继续在网上浏览。她无意中看到一则新闻，当年的一名老红卫兵站出来承认自己打死了人，他表示了忏悔，对那些过早无缘无故消失的年轻生命，并对死者的家属道歉——对已然辞世的家属迟来的道歉。她很快认出这张既陌生又熟悉的脸：是已经多年没有音讯的豆豆！豆豆老了，应该早已娶妻生子，过着不为莲所知但和普通人一样的生活。他说梅建国最后的面容多少年来一直在他的梦中出现，而他感觉自己躺在一块光溜溜的冷冰冰的门板上。他终于不堪重负，讲出了这段往事，他说自己虽然逃脱了法律的制裁，却没能摆脱良心的煎熬。

莲潸然泪下。JENNIFER 打开她的房门问她去不去客厅和来访的朋友们喝咖啡，看到莲的泪水赶快说了声：对不起。

　　同一个大院的孩子们早已经天各一方，终于见到豆豆，却是以这样的方式。而豆豆青梅竹马的恋人，她少女时代最亲密的朋友，和她一起度过她们那受到惊吓的尴尬青春岁月的伙伴，南溪也已经不在人世。莲想对她说声对不起，可她已经不在人世。

5

　　南溪的爸爸南山是监委会里最年轻，最有才华的知识分子干部，他曾经是北平学生运动的领袖之一，莲觉得他像电影《青春之歌》里的卢嘉川，有一股在这院子里的共产党干部们身上少见的儒雅气质。他出身古老世家，他们的祖先相传是春秋时代的贵族，由于被国王满门抄斩而亡命天涯，祖先对四个儿子说，你们分别向东南西北逃，到哪个方向就姓什么，将来后代们如果发现同样的姓就可以找到彼此。南溪还真的遇到过一个姓北的女孩子，不知道是不是古代和他们同属一个家族。

　　南山继承了这个古老家族的文化传统和正直品德，可是他没能逃过五七年的反右运动。一开始他只是被发送到北京郊区的农场，孩子们隐隐约约地感到家里发生了什么事情，但是大人们都绝口不提。南溪知道了爸爸的事情后变得更加不爱说话，更加不合群。莲小心地陪伴着她，谁都不敢触动这个话题。后来南山去了北大荒农场，很少能见到他。南溪没有和莲在同一所学校，而是和大小娃娃们一起上了胡同里的一家平民学校。对正在发生的"革命"，她从来没有像莲一样狂热过，可能是家里比较早就倒了霉的缘故。她后来告诉莲，她觉得这场革命解放了她，因为那时学校课本里有一课是关于反右运动的，她一直紧张地等待着不知道如果上到那一课怎么办，好在还没讲到文化革命就开始了，她终于松了一口气，现在很多人像她家一样倒霉了，她也不再那么孤独了。莲家出事后反而使她觉得和莲更接近了。

在毛主席接见完红卫兵后，开始了破四旧运动和全国范围的大串联，莲跟着堇和她的同学们乘京广线列车到了广州。一路上不断有各地红卫兵上下火车，车厢里挤得像沙丁鱼罐头，有人睡在座位底下，有人睡在行李架上。莲想去上厕所，发现门打不开，又想去找水喝，看见一个身材瘦小的南方学生把自己的屁股整个放在洗脸池里，头靠在车窗上，窝着虾米般的身子睡得正酣。她们买了盒饭吃，坐在她们头顶行李架上的人晃荡着两条腿也在吃，莲不停地感觉到有湿乎乎的东西掉到她脑袋上和后脖领子里。在广州堇她们每天都去省委和大学看大字报，还一本正经地表示自己支持哪一方，反对哪一方。莲在那些从天花板一直挂到地上的大字报组成的方阵里穿行，但她只记住其中一份，上面用战战兢兢的小字写道：某领导借了某人一副象棋，一直没有还回来。他现在充满了革命的义愤，不禁大声质问道："我的那副象棋，究竟哪里去了？！"莲觉得特别好笑，当堇和同学们煞有介事地参与"革命"时，她却沿着热闹的小街边走边吃，并在她们住的中学院子里发现了一家点心厂，每天和几个外地红卫兵一起趴在窗口向里看，津津有味地观看他们制作的全过程。堇对莲的行为很愤怒，她们去韶山参观了毛主席故居后，命令莲不要再跟着她们，自己回北京去。莲像所有到此一游的红卫兵们一样从毛家旧宅门前的池塘边上抠了一包土，放在口袋里，从长沙登上回北京的火车。

爸爸每天骑自行车到单位去上班，接受审查。这个冬天下了第一场大雪，路上很快铺了一层薄冰，他从自行车上摔下来，跌断了大腿骨。莲和乔把爸爸送到医院。医院没有床位，只能把爸爸放在走廊里的担架上等待手术。莲和南溪提着南溪妈妈给炖的鸡汤返回医院时，她看到了永远不能忘记的一幕：刚从手术室推出来的爸爸，像死人一样，躺在一张帆布病床上，脸色煞白，鼻子上贴着橡皮膏，胳膊上扎着管子，冰一样冷的手指。莲吓得大声呼唤爸爸，生怕他再也醒不过来。南溪轻轻拉住莲的袖子，莲这时才看到爸爸病床对面输液的铁架子上贴着一张大字报，写着那个像针似地扎在她心头的字眼：大叛徒杨泽必须向造反派和人民群众低头认罪！爸爸的名字是用红字打了叉倒着写的。

他们终于来了。他们是在爸爸手术过程中来的，带着这张大字报。连做手术的医生都劝告他们不要贴在医院里。但他们决定就贴在他的病床上，让他一睁眼就能看到它，并且警告不许撕掉。他必须每天面对着它。

爸爸醒来了。他混沌发黄的眼珠在空中缓缓搜索着，接着他看到了莲和弟弟。莲站在他面前，好像希望用自己的身体挡住那张飘在床前的大字报。她问爸爸伤口还疼吗？要不要喝鸡汤？爸爸摇摇头，闭上了眼睛。过了一会儿，他让乔扶着他，坐了起来。

爸爸看到了那张大字报。他一个字一个字读完，又一次闭上了眼睛。在长久的静默中，冬日下午的阳光照在病房淡绿色的墙壁和灰蒙蒙污浊的窗户上，莲不知道自己身处六十年代末那些日渐模糊的疯狂岁月中，还是置身四十年后恍如隔世的当下，她看到一个面孔清俊，身材挺拔的十七岁少年，离开华北平原上富庶的家乡，背着一个小包袱，走在去省城求学的道路上。他时而和莲后来在图书馆党史资料里看到的那个持枪的游击队战士，时而和爸爸最后离去时罩着白被单的影像重叠在一起……

6

　　杨泽出生时父亲给他取的乳名叫"凤来"，意思是：有凤来仪，因此弟弟名字叫"凤仪"。莲喜欢爸爸这个名字，她在心里根据从地方党史中看来的资料建构有关爸爸的故事时，就把那个她一直关注着的人叫做凤来。他们是个大家族，共有 50 多口人，拥有几百亩土地和两座香油作坊。方圆几十里人们吃的香油都来自他们的作坊。凤来幼年的记忆就是和自己年龄相仿的叔伯兄弟们一起奔跑在黄灿灿的芝麻地里，在平原上唯一的一条小河里嬉戏打闹。空气里始终飘荡着芝麻油浓郁的香气。虽然年纪小，凤来的辈分却很大，加上敢作敢为而又沉稳冷静的天性，一直是个孩子王。

　　凤来离开家乡前，父亲刚刚给他娶了亲。他甚至连新婚妻子的面容都没看清楚就按自己的计划到省城的师范学院读书去了。在这个风云变幻各方势力聚集的北方军事政治中心，他似乎没来得及读什么书——除了在学生中广泛流传的鲁迅、矛盾、郁达夫、以及巴枯宁和列宁，很快就卷入二十年代末如火如荼的学生运动。中共省城地区特委和团特委的成员大多是师范学生。学生中的共产党员、共青团员、党的外围组织反帝大同盟、左联、社联、教联、革命互济会、鏖尔读书会、文学研究会等组织的成员，约占全体学生的80% 以上，所以当时的师范有"北方小苏区"之称。面对一个庚子赔款后四分五裂屈辱贫弱的中国，所有的青年学子们都在探讨救国之道：国民党还是共产党？三民主义还是马克思主义？在这些关于主义的争论中，学生们投入了真正的就在身边的"革命"，他们驱逐了省教育厅国民党派来的校长，占领了学校，凤来被推举作为领导人之一，和 20 多个学生被捕并被开除。

　　十几个被开除的学生一起来到北京，向省教育厅请愿，住在前门的一个小公寓里。凤来找到一个中学理化助手的工作，一个月挣16 块大洋，他留了 4 块给自己，其余的全部给同学们交房租和应付生活。直到夏天，他们中的一些人还穿着棉衣和棉鞋。他们的请愿有了结果，凤来去了天津师范后来又转入南开大学继续求学。但这时他已经成为一个职业革命家，入了党，此后的生涯就是每到一个地方不断地参与组织学生运动和不断地被开除与驱逐。

1932 年发生在凤来所在师范那场震惊全国的学生运动时，他已经不再是学生而是地区党委会的负责人之一了。莲在图书馆阅读有关这场运动的文件时，发现和 1989 年的"六四"惊人的相似。31 年"九一八"后，10 月北大清华抗日救国会与东北留平学生会抵省城宣传。满腔救国热忱的学生们都义不容辞地把自己视做向一个腐败政权发难的首当其冲的战士。作为社会的宠儿，和道义的象征，他们一直带着既悲壮又有点玩笑的游戏心情一次次地向统治者最敏感的神经挑战。选择居住在学校里保护革命成果的学生们受到所有民众的保护，人们向被国民党宪兵围困的校墙里面投掷大饼，孩子们还偷偷潜出学校到镇子上去买面粉，然后打开校门，里应外合，一边拦住卫兵，一边接应装面粉的卡车迅速卸空运进学校，让围困校园的宪兵措手不及。这期间省城的大中小学纷纷联合组织护校斗争联合会，医学院、农学院也设立联络站宣传、募捐、送食品等。保卫已成为孤岛的学校就是保卫革命，保卫人们心中共同的理想——对一个更美好社会的期盼。

当形势开始变得严峻，当局调集了更多的军队包围学校，并发出最后通牒，他们仍然不相信自己已经置身危险。他们一次次地戏弄卫兵，抢回丢失的属地，站在墙头庆祝自己的胜利。然而当局的忍耐终于到了尽头，现在看起来比六四的镇压者还更有耐心。他们开枪了，动了真格，学生们倒在血泊中。整个社会被青年的血震醒了，愤怒了。

作为特委特派员，凤来在整个运动期间一直和他的上级——新任的特委书记，原来的北平市委书记黎亚克一起租住在省城的小公寓里，密切注视并暗中引导着运动的走向。为了掩护他的身份，他和一个清华大学女生假装组成家庭（莲不由得想起那个被他留在乡下的新婚媳妇——被革命和历史长久忽视与遗忘的女人）。暑假期间，他和黎亚克来到北京参加地下党委的会议，为省城的学生们争取支持。不幸的是北平的学生们都在放假，没能组成有效的声援。屠杀之后，参与的学生们被逮捕，整个学校都被解散。霎时间风声鹤唳，白色恐怖笼罩着全城。

组织领导学运的同时，凤来肩负更重要的任务。31 年秋根据特委指示在省城郊区建立农村根据地，任高阳、蠡县、安新地区任特派员。到一个乡村师范任教务主任，除教课外，主要精力放在这三个县的工作上。党史是这样记载的："发生在 1932 年秋天的农民暴动，是这个地区广大农民在中共省委和特委直接领导下的一场震撼华北的反对国民党反动统治的大规模的农民武装斗争；是在敌强我弱的形势创建红军、建立苏维埃政权的一次伟大尝试。这次暴动虽然失败了，但在这块沃土上撒下了革命的种子，给后来动员民众进行抗日战争和解放战争打下了良好的思想基础。"

以今天的眼光看，这是场绝不可能取胜的斗争。因为革命都是从统治者力量薄弱的地区开始的，如江西和陕北的根据地，都是远离政治权力中心的偏远地区，红军得以生存与壮大。可在这个古老中国的心脏地区，国民党重兵驻扎，张学良的骑兵旅负责警戒。凤来和同志们的工作就是在这里播下革命的种子。失败的学运领袖和成员们很快转移到了这场知识分子与工农相结合的伟大斗争。他们就是那些火苗。当时北方左联负责人记述了他向鲁迅先生的一次汇报，鲁迅先生曾评价道："你们这样结合群众的抗日运动，反对国民党的法西斯暴政，还同泥腿子（农民）在一起，非常好。陈独秀就是不要泥腿子，看不起泥腿子，不愿同国民党干的那些坏事进行斗争，遭致大革命的失败。"

莲从后来的记载中看到，这场农民暴动是在一个秋日里起事的，为的是借助成熟而未收获的高粱地的天然屏障，起义者们可以保护自己不被敌人立刻发现。这狂飙般的起义一共只持续了五天。新到任的省委特派员湘农，特委的凤来和他的同志们，以及农民核心分子们聚集在一个村庄里，贴出标语和告示，宣讲自己的主张，打起一面"河北中国工农红军游击队"的大旗，举着大刀、红缨枪，沿着河岸和形成一大片"青纱帐"的庄稼地逶迤行进了十几里。在第一天的战斗中，共缴获了地主武装的 28 支枪。

第二天的战斗里，附近的农民们受到鼓舞，更多的人加入他们的队伍，共有 200 多人和 60 多支枪。第四天，两支队伍浩浩荡荡，度过猪龙河，与高阳的第一支队会合准备攻打国民党重兵盘踞的北辛庄。由于这个村庄已经被党的组织渗透，地下工作者们里应外合，当天的战斗里，他们冒雨一举拿下了公安局，缴获了 40 多支枪，抓获了公安局长和区长。并在当晚，宣布成立了**地方苏维埃政府，湘农任主席，农民领袖宋任副主席。同时整编队伍，正式成立河北红军游击队第一支队，湘农任支队长，宋任副支队长，下设三个大队，共 300 余人，长短枪 120 多支，支队部和苏维埃政府设在北辛庄高小院内。**凤来被任命为第一大队政委，另外两个参与起事的师范学生任第二和第三大队政委。门前悬挂起镰刀斧头的大红旗，红旗上书有"全世界无产阶级和被压迫的民族联合起来"和"河北红军游击队第一支队本部"字样。各大队也都挂起了红旗，游击队队员们为了表示与敌人奋斗到底的决心，脖子上都戴上了作为标志的红带，叫做牺牲带。

第五天，也就是最后一天，起义者们到附近一个集市上去演讲，发展壮大队伍，斗了八个地主和盐商，分了他们的财产，在现场四五千名群众的欢呼声中，成立了一系列按照苏区红军组建的机构，更多的农民要求加入，起义已达到高潮。

当天下午 2 点，领导者们正在开会时，安国驻军骑兵旅突然包围了村庄，用机枪封锁了大门。游击队员们开始突围，激烈的战斗中，湘农和凤来率众打开一个缺口，冲了出去。而地下工作者蔡和农民领袖宋打完最后一颗子弹后牺牲。敌人用铡刀铡下蔡和宋的头，高悬在树上。就是这同样的带着血迹的铡刀，莲在一本回忆录里看见一张让她毛骨悚然的照片，第一次给了她身临其境般的真实感，呈现出起义悲壮残酷的暴力色彩，游击队员们也曾用它铡下和他们对抗的地主的头。如果我们不用共产党的叙事来解读当年这场暴动，而是从那些被杀害的地主乡绅们的角度，也许会读到完全不同的故事。当人们讲起历史时，上个世纪的主旋律似乎就是建立在激进思想上你死我活的斗争。

暴动至此最终失败。共牺牲 47 人，现场被捕的 9 人中包括凤来。随后的大逮捕和大屠杀的腥风血雨中，国民党下令搜寻起义死难者的后代，为斩草除根，所有男性婴儿一律被处死。暴动被镇压的第三天，敌人把被俘的 19 名红军战士押到蠡县南关操场上，又把四乡的群众赶来，几把大铡刀一字排开，将红军战士的头一个一个地铡下。有的红军战士竟被铡成三截，刽子手的身上、脸上都溅满了鲜血。那些被砍下头颅被挂在树上、城门上示众，鲜血淋漓，数日不止。凤来的上级特委书记黎亚克不久在省城被捕，就义于城外的刑场，终年 29 岁。

莲一直对父亲跟随的这位上级深感兴趣，因为他这么年轻就死了，这些早期革命者未曾经历过权力带来的腐败，以纯洁热血的殉道者形象淹没在历史的烟尘中。她试图去寻找党史以外的描述，试图理解他们当年的选择和牺牲，然而已经找不到任何材料。父亲从未给他们讲过他个人的故事。莲只在这些后世的回忆文字里若隐若现地看到父亲和他的上级以不同化名活动的身影。在同一报道中，凤来被记载和黎亚克一起赴难。那年他 22 岁。他们的故事经过八十年的沉积并且由于一部著名小说和电影的渲染已经变成了不折不扣的传奇。

7

凤来没有死。他在黑暗中和其他被冲散的游击队员们误入附近一个村庄后被捕。由于他的样子显得特别年轻，他称自己是失学的师范学生，到这个村庄来找他的同学，联络复校的事宜。他和其他被捕者被解押到定县的骑兵旅总部。父亲和大哥得到消息后立刻展开营救。和家族有生意交往的省城商会会长是骑兵旅旅长的结拜兄弟，在他的斡旋下，父亲和大哥变卖了家里的一座香油作坊和几十亩土地及住房，筹得两千大洋，旅长答应减刑，被判了八年徒刑后关押在定县监狱。

关于凤来出狱的经过，莲听到两个版本。一个是坐了两年监狱后，在大哥的活动下，凤来被批准取保就医。回家后不久大哥即报告凤来病亡，而受到贿赂的监狱方面也不再追究。另一个版本来自一封一个家庭老友在父亲去世后的来信，他就是那个在夏天穿着棉衣和父亲一起在北京请愿的师范同学。他说暴动失败后他曾听到一段颇为传奇的故事：由于家里使了钱，骑兵旅的头目把凤来放进一个棺材，对外宣称他已经死在狱中。拉到坟地后把凤来从棺材里放出，每个士兵都得到大洋，只埋了空棺材，凤来得以逃脱。

凤来本人对这些说法都不置可否。他在屡次的干部调查表中，只用最简单平实的词汇叙述了自己的历史。对于这段让莲一听就热血沸腾的经历，他也从未标榜过自己。是因为党对于这场暴动的官方评价是左倾盲动路线的产物？还是由于一向作为实干家的凤来有他自己不愿为人所知的想法？

"你父亲的经历，你们中国人的故事实在太戏剧性了！"JENNIFER 不由感叹道。"我认识一位好莱坞导演，他一定能把这些编成一部好看的电影！"美国社会超稳定的结构使得美国人的生活过于平淡，使他们对于其他民族的苦难人生故事充满好奇，对他们来说，这些真实的历史就像是好莱坞的电影，她听到的故事在她眼中立刻就化为一幅幅电影里的画面——那是许多美国人的知识来源。不知道是这些跌宕起伏的历史片段成就了电影，还是电影制造了历史或影响了人们对于历史的认知？

然而文革时代的逻辑是，被捕后不被处死就是叛徒，不出卖同志，怎么可能活下来呢？也许是为了配合打倒刘少奇及其集团的需要，所有当权派的历史档案都受到造反派的审查，只要搞过地下工作，坐过监狱，就基本上都是叛徒，只要和国外有任何形式的联系，就无疑是特务。

然而在上个世纪六十年代末的中国，这现在看来如此荒谬的逻辑使得一个十三岁的孩子感到异常痛苦。她所挚爱的父亲被视为叛徒——革命的敌人，而革命是她心中最高的价值，她的内心在煎熬着，沸腾着，她为此怀疑这个革命。虽然她什么都不说。几十年后，当 JENNIFER 问起堇时，她才知道堇内心最大的痛苦和她是一样的。但这么多年来，她们从未交流过。

几乎从来不流露感情的凤来做的一件事让莲感到欣慰：出狱后的凤来回到家乡，回到父母身边，并在家里老老实实地呆了一段时间。这是他对家里为了救他而倾家荡产的报答，为了实现他自己的梦想，毁掉了他的家族多少代人对于财富和兴旺的梦想。这期间他曾多次到省城和北京去寻找党的关系，等到他终于找到组织后，却因为大哥病重而返回家乡，他侍奉大哥直到他故去。大哥离世，他们家族的事业就此衰败，再也没能恢复过来。凤来大概相信没有国家的富强，就不会有他自己家族的兴旺。抗战时日本人因为凤来带了一群青年去抗日，抓走了他全家的男女老少，关进县城的大牢，并烧毁了他们的村庄。而在抗战胜利后的土改中，凤来的父亲却没有被放过，尽管历经浩劫，他仍然是村里最富的，倔强的老人在斗争会上始终不肯跪下，于是付出了一条腿的代价。这就是凤来带给他的家族的一切。他们默默地承受了这些，像无数同样经历的中国家庭一样，从来没有发出过任何声音。

夕阳最后一抹余晖映照在病房的墙壁上，回忆的涟漪渐渐消散了，面对着那张大字报，和坐在床边沉默无言的儿女们，杨泽又一次闭上了他的眼睛。

妈妈回来了。她被送回自己的家乡，可是那里不想接受她。因为姥姥土改时定的成分是贫农。老家也没有给她住的地方。生产队给她开了证明，让她回北京。

她赶到医院来看爸爸，提了一罐用文火炖的甲鱼，这是善于烹调的南溪妈妈教她做的。她穿着蓝布大襟外衣，头上仍包着那块蓝头巾。莲从妈妈的鬓角看到刺目的白发。当她终于摘下头巾时，孩子们发现她的头发竟然已经全都白了。

妈妈从没有提起分别的日子里她到底经历了些什么。她急于让爸爸早日回家，手术后医院也不再给爸爸做什么治疗。爸爸带着一枚埋在股骨头里的钢钉，拄着一副双拐回到家里。

一家人终于团聚了。妈妈很自信她持有的那张证明——证明在故乡人眼中她和姥姥是受苦人。但是第三天又听见一阵不祥的急促沉重的敲门声。街道妇女主任和派出所的一位年轻警察出现在门口。这两张冷漠凶恶的脸孔和那让人心惊肉跳的敲门声许多年来经常出现在莲的噩梦中。他们带着一群人，尽管掌握着对于牺牲者的生杀大权，他们似乎也需要一群人来壮自己的声势。不管妈妈如何声辩和恳求，他们无视爸爸虚弱残疾的身体，对妈妈那张宝贵的证明也不屑一顾。他们要妈妈立刻离开北京。这回是去爸爸的故乡。

8

莲在收拾爸爸妈妈遗物的箱子时，曾经看见过一枚嵌在内衬里的红宝石戒指。她把它拿在手心里端详了一番，立刻又放回原处。指环的黄金色已经变成一种沧桑的暗铜色，上面还依稀看见一道道划痕。而宝石表面历经漫长的岁月仍闪耀着深沉典雅的酒红色。像一位饱受苦难和凌辱，却保持着尊严的贵妇人。

这是南溪妈妈蓝漪的遗物。和莲父母留下的那些东西一起，见证着两个家庭共同经历的一切。如今这些物件的主人已然离去，但它们却仍旧像一家人似地依偎在一起。往事如涟漪般再次泛起。

南山不在的日子里，蓝漪除了上班，在家就靠她的小小图书室度日。她也是这个院子里的异类——每天早出晚归，很少和大家寒暄。蓝漪身材又高又直，皮肤白皙，有着舞蹈演员般的优美身段。她出身满清贵族，上大学时遇到南山，从此投身革命，虽然这个革命始终把她视为一个异类。

身为新华社的高级俄文翻译，蓝漪经常出国，参加各种会议。南山出事后，对她的信任打上了折扣。但她仍然努力工作，业务上永远是社里第一。她和南山的贵族家庭背景使他们无论在什么运动中都是首当其冲的对象。虽然不是党内官员，新华社的百人大游街也有她一份。在震耳欲聋的吼叫声中，这些昔日的精英们脖子上挂着牌子，被迫喊着打倒自己的口号。蓝漪低头从围观的人群前通过。之后就开始了大规模的抄家行动。

南溪吓得躲在屋里，怀里抱着她的大黄猫，一直等到晚上妈妈回来。蓝漪一看见缩在屋角的南溪，不由得发怒了："叫你快把它们送走，还留着干嘛？不怕他们把它弄死？！"在笼罩京城的紧张空气里，一切不符合无产阶级要求的东西都有可能成为革命对象。自从破四旧以来，蓝漪就让下乡时认识的郊区农民带走了那些小猫，还有些跑掉了，南溪日夜担忧它们的命运，她经常整夜守在窗前，倾听外面的动静。那些小猫有时会跑回来，南溪就把它们藏在被窝里。

有人敲门，蓝漪打开门，看见是前院苗苗家老阿姨，这时大黄不合时宜地在门口探头探脑。"明天有红卫兵来抄我们家。告诉南溪快把你家猫处理了，别让它们乱跑。你们也把家里收拾收拾。多加小心。"苗苗的爸爸妈妈此时已经被抓走关在监狱里。

这一阵家家都把自己的房门关得紧紧的，等待着随时会降临到头上的灾祸。人们都不敢随便走动，交谈。老阿姨的警告使蓝漪感激万分。她知道新华社的造反派也会说来就来。而家里需要处理的东西太多了。

首先要处理的就是南溪的大黄猫。它成了众矢之的。因为它的样子如此雍容华贵，简直像一头金毛狮子。它陪伴南溪已经有十几年了，所有的小猫都是它的孩子和孩子们的孩子。南溪一直舍不得把它送走。她常常告诉莲要死他们一起死。但是今天她什么都没敢说。她叫来莲，两人把大黄塞进一个书包。莲先是想把它藏在大衣柜里，可没过半分钟它就从里面跑了出来。大黄从不怕人，没法告诉它即将来临的危险。它总是堂堂正正地站在大家的视线中心，以为所有的人都爱它。

两个女孩子骑上自行车，她们想把它送的尽可能地远。她们穿越了无数条胡同，直到再走她们自己也快找不回来了，才把大黄从书包里掏出来。大黄似乎知道要发生什么，一直很配合地乖乖呆在书包里。它站在地上，高度紧张地四处张望，抖动着脖子上的金色鬃毛，样子仍然雄赳赳的。南溪和莲骑上车想跑，但大黄立刻紧紧地跟了上来，甚至跑的比她们还快。南溪下来抱住大黄，她知道得尽快完成任务，家里还有很多事要干。莲一眼看见胡同口的公共厕所。两人把大黄放进此刻空无一人的厕所，迅速退出并且关上了门。

南溪在大黄的哀鸣中泪流满面地骑上车，头也不回地拼命往前蹬，莲紧随其后，生怕南溪会改变主意。但南溪没有回头。有人说人会在一夜之间长大，那么南溪就是这样长大的。

回到家里，现在急需处理的就是蓝漪的那些书。她知道它们难逃一劫。像逼南溪送走猫一样，她必须舍弃她的所爱——她收集了几十年的那些书。有些是祖父母和父母的遗物，抗战时带到西南联大，经历了战争的炮火，又辗转数千里带了回来。而现在她要么自己烧了它们，要么等着造反派来烧。蓝漪盯着那些柜子发怔。

"蓝姨，别急，咱们想想办法。"莲一直在书房里转来转去。除了蓝漪，她比谁都心疼那些装潢美丽，散发着纸香的书。"把它们藏在我家。"蓝漪吃惊地抬起头，"你家？那怎么行？不能再给你家找麻烦了。"

"我们家有地窖，就在北房的地板下。"莲和南溪迅速地跑回家，撬开楼梯下的地板，这是妈妈和姥姥存储过冬大白菜的地方。现在基本空着，但堆放了不少杂物。莲开始腾地方，爸爸在里屋床上躺着，董在学校，乔跟在她们身后，神色慌张地帮着把书柜里的书往地窖里搬。

莲没敢告诉爸爸她们在做什么。因为她担心这些书有悖爸爸的共产主义信仰，但她也有些心虚，趁着爸爸不能动，自己做主干了这样的事情。爸爸卧床期间一直有不少造反派走马灯般地来外调，主要是空军那个案子，牵扯到很多人，包括林彪、吴法宪等。爸爸只是如实说，莲听到有人威逼爸爸，重重的拍桌子。那时军官会在林彪系统下，各派造反派都各怀目的，想取得他们所要的东西。后来林彪垮台后，他也不改口，反而坚持说林彪很能打仗。爸爸始终认为军官会整他，并以居委会的名义整妈妈也和这件事有关。

但现在什么也顾不得了。蓝漪在书房里挑选最重要和最有价值的那些书，因为地窖面积有限，只能藏进一部分。剩下的就只能听天由命了。那一摞摞从书柜里拿出来的书，躺在地上等待着自己的命运，就像集中营里列队等待裁决的犯人，或者走向自由，或者走向死亡。

蓝漪把一叠信件和照片拿到厨房的炉子旁，点火烧了起来。她又从卧室端出一个木头盒子，交给南溪。"这里都是我母亲留给我的首饰。你们看怎么办？小心别让人发现了。""也放进地窖吧。"莲说。"不行，再不能给你们找事了。万一被发现……"这些珠宝似乎是更大的耻辱和罪恶，莲从未见蓝漪戴过它们。它们无疑是腐朽的资产阶级象征。摆脱它们是更大的难题。

"把它们砸了！"南溪突然提议道。"你们看着办吧。"蓝漪关上了房门。

南溪打开黄花梨雕花的精致木盒，丝绒衬垫上，摆放着一只碧绿的翡翠手镯，一对同样成色的耳坠，还有两只金托的宝石戒指。

南溪端着盒子，在院子里到处寻找石头。她把里面的首饰哗地倒在地上，举起一块砖头就砸。在莲的惊叫声中，翡翠镯子变得粉碎，溅起的碎渣立刻和泥土混合在一起。南溪又接着砸那两只耳坠。

人们从未见过南溪这么有主意，这么果断过。姥姥在旁边看着，不住地叹气："造孽啊，造孽啊。"乔拿着把扫帚把那些碎渣扫进垃圾筒。

南溪又接着砸戒指。那只黄色的猫眼已经被砸飞了，不知道蹦到哪里去了。她一鼓作气开始砸最后那枚红宝石戒指。奇怪的是这宝石出奇的坚硬，砸了好几下居然纹丝不动。莲冲过去拣起了它，"别砸了。"她把沾满泥土的戒指揣进自己的口袋，拉起干得有些发狂的南溪。乔飞快地把首饰残渣和蓝漪烧掉的那些灰烬一起装进垃圾桶，象地下工作者似地不停地回头张望，走了好几条胡同才把它们扔掉。

干完了这些，大家仿佛松了一口气。南溪好象使光了最后一点力气，突然变得蔫头搭脑的。她缩回自己的房间。晚饭后，蓝漪叫莲去陪陪她，因为她一个晚上都不和妈妈说话。她看蓝漪的眼神似乎在问：你还有什么东西？

莲和南溪并肩躺在她的床上，像小时侯她们经常一起度过的那些时光。莲给南溪讲故事。她每看过一本蓝漪书柜里的书，就会讲给南溪听。南溪也不知道是不是在听，过了一会儿莲发现她睡着了。

半夜，莲听见有响声。她爬起来，发现是什么东西挠门的声音。很快她在窗台上看见了大黄的身影。黑暗中它的影子象一头小狮子一样。他拼命地在玻璃上抓挠，发出嘶拉嘶拉的声音，象在人心上刮过似的。莲和南溪躺在床上一动不动。接着它开始发出小孩哭般的嚎叫声。又过了不知多久，它从窗台上跳了下去。它走了。

莲抱住南溪的肩膀。看见她哭成一个泪人，连枕头都湿了。她再有没有提起过大黄。有人说人会在一夜之间长大，她就是这么长大的。

9

抄家时刻来临时，由于已经坚壁清野，院子里的人们都很镇定，造反派的卡车拉走了剩下的书和他们认为有价值的东西。他们也带走了蓝漪，关在机关里交代历史问题。他们一走，豆豆立刻来到后院。

"南溪，走，跟我滑冰去！"豆豆穿着他爸爸的呢子大衣，虽然他个子很高，还是看着有点晃荡。

霎时间院子里的孩子们都没有了父母。但一开始的惊吓过去后，他们反倒觉得很自在。蓝漪走时把南溪托付给莲的父亲，其实她什么也不必说，他们两家一直就是不分彼此的。莲妈妈不在时，蓝漪一直关照着莲和乔。董一上中学，就有了自己的房间，所以南溪直接把自己的被子搬到莲的大床上。

南溪不理豆豆。自从那次看到豆豆打人，她就再不跟他说话。她有次对莲说："豆豆变成小流氓了。"

尽管家里倒了霉，豆豆还是神气得很，他曾经是西纠的一个小头目，后来参加了联动，那个时期发生所有的事件里，无论是冲公安部，还是水灌石油附中，几乎都有他的身影。他还有一群喽啰，整天跟随着他。他们一大群人每天骑着自行车到处闲逛，脖子上挂着冰刀，在冰场追逐女孩儿或者打架。

莲和南溪准备去武汉。董在武汉串联时认识了一个叫王明的年轻人，他是湖北大学附中红卫兵的头儿，到北京时曾在莲家住过，他邀请莲和南溪去武汉玩儿。这时武汉发生了严重的武斗，军队卷入了地方的派系斗争，受到军方支持的造反派甚至动用了枪炮，双方都死了不少人。在武汉局势最为紧张的时候，两个无所事事的女孩子突然决定去那里找王明，以示对他们的支持。

这是自串联以来莲第一次出门，也是南溪生平第一次出远门。王明到火车站接了她们，安排她们住在他家里。武汉是个著名的火炉子，夏天热得要死，大部分居民都住在室外。莲和南溪夹着席子睡在王明家房顶的阳台上，她们睡在地上，四周摆着一圈椅子，上面还支着蚊帐。晚上阳台上微风习习，并且能看到万家灯火。

两人在蚊帐里窃窃私语，整夜睡不着觉。除了热，还因为不时能听到远方枪炮的声响，划破长空犹如闪电似的亮光。紧张、惊惧之中夹杂着一种无法言说的兴奋。她们都期待着王明的到来。他其实长得并不漂亮，鼻子上布满雀斑，个子不高，一身精壮的肌肉。可是他却显得异乎寻常的成熟稳重，有一股豆豆和乔身上没有的男子汉劲头儿，两个女骇儿都认为他很帅。他虽然不象豆豆那样张扬，前呼后拥的，却真正是一个领袖人才。他带领着他那一派所有的年轻人，在校园里挖战壕，架铁丝网，就象布置真正的战场一样。他穿着洗旧的军装，腰间扎着皮带，显得干练、果决。如果生在战争年代，一定是个称职的指挥员。

她们刚一到时王明安排她们游览了几天，有空时他带着她们逛，没空时就让他的战友帮忙。她们去了长江大桥、黄鹤楼、东湖、龟山和蛇山。最后一天，当她们还在房顶上睡觉时，天亮前他来了一趟，看她们睡得正香，就没叫醒她们。他在她们的蚊帐前放了两只竹编的尖顶大檐草帽，有一次南溪看见他们学校女生戴着这样的草帽，说好看，看起来像越南南方的女战士。那时侯，"不爱红装爱武妆"，最流行的装束就是军装。莲和南溪不喜欢穿军装，但都爱上了这样的草帽。

她们走时王明没能送她们，因为真正的战斗开始了。实际上他希望快把她们送走，他已经无暇顾及她们了。年轻人们跳上卡车，打着自己组织的红旗，头上也扎着红布条，一车车地运往已经成为战场的学校，把一切能作为武器的东西都拿在手中，准备拼死一战。

在轰隆隆的炮声中她们上了火车回到北京。这时北京的形势也发生了变化。学校通知他们去上学"复课闹革命"，莲没去。但几天后，她就和其他同学们一起被分配进了离家不远的一所中学。尽管莲曾在小学的毕业考试里考出了全校最好的成绩，但这些全都毫无意义，她和"大窝头"上了同一所中学，并且分在同一个班里。

莲和同学们每天要越过一个大工地去学校。多年后这个工地变成了中央音乐学院的音乐厅。他们的中学生活就是斗校长、游行、跳忠字舞、"早请示、晚汇报"这些后世的人们完全不可理解也听不懂的活动。

虽然学校恢复了上课，可是没有人好好听课。他们连教材都没有，过去"十七年的反动教育路线"被彻底清算，课本全都作废了，上课要么学"毛泽东选集"和"毛主席语录"，要么读"人民日报"和"红旗杂志"。副科的教材都是临时油印的，每次上课前发到学生手里几张纸，下了课就随风而去。

斯文扫地的老师也不敢对学生们有任何要求。他们只求能平安度过每一天，每一堂课。化学老师是个高大肥胖的中年妇女，外号叫"大河马"。她的嗓门洪亮，底气十足，莲记得最清楚的就是她一说："乒乓球踩扁了……"全班同学就开始哄堂大笑，笑声几乎要把房顶掀翻了。几个调皮捣蛋的男生不但老是接老师的话茬，还开始在课桌之间乱窜，互相用纸团扔来扔去，有的甚至扔到了老师身上。最后化学老师含着眼泪，手里端着她还没来得及使用的教具——乒乓球和一盆水，离开了教室。这天还发生了一件让人忘不了的事情，正当他们上课的时候，外面一片喧哗，很多同学都跑出去看。一个教历史的老师穿着碎成布条的衬衣，爬上了操场上的一根电线杆子，说不给他解决问题他就不下来。有人说他是历史反革命，正被关在学校的牛棚里受审查。

莲最终也不知道化学老师想要教授给学生们的知识到底是什么。他们这个班因为都是从一个小学升上来的，全是这一片地区的孩子，经过这两年的"放羊"已经彻底失去管束，乱的谁也无法收拾，于是被校革委会分成四个班，拆散了他们。莲怎么也想不起自己被分到哪个班去了。只记得有个女同学和自己是"一帮一一对红"，她们经常在课桌上促膝谈心，她一直想找到这个同学问问这段记忆日渐模糊的中学生活，问问他们曾经的班主任是谁，却再也没有遇到过她。

　　莲在中学里似乎没有学到任何东西，除了几句英语。"LONG LIVE CHAIRMAN MAO！""LONGLONG LIFE CHAIRMAN MAO！"即使这样，英语课也是她最喜欢上的课。不知为什么，大家好象都很喜欢念英语，全班同学跟着老师齐声朗诵，又响亮又整齐，连最捣蛋的学生都念得很认真，仿佛念英语挺能宣泄感情似的。白天在学校，全体学生要跳忠字舞，这好象是从东北传来的。在操场上一字排开，或者列成几队，跟随着一个女老师学习动作。要面对东方，做出把自己的心掏出来的样子。小学跳集体舞时莲经常端着个水碗站在旁边。但这次她不敢，这是对党和毛主席的态度问题。好在跳了一阵就不跳了，但又有了新的花样：大家每天早上到学校第一件事，就是对着毛主席像请示一天的活动，晚上回家前再向毛主席汇报这一天都干了什么，干得怎么样。莲记得有一段时间还要他们跑到天安门去请示和汇报，跑的她直流鼻血。好在也没多久就不再去了。

　　毛主席一发表了什么指示，学校里就停课，组织大家上街去游行。举着标语牌，上面写着"最高指示"："斗私批修"，"抓革命，促生产"，"深挖洞，广积粮"。毛主席的话不知道是在什么情况下说的，倒是越来越简短，越来越不知所云。有时候夜里就被叫出去游行。莲曾经热切期盼过的中学生活就这样在混混噩噩中度过了，其实那段时间很短暂，大概只有一年左右的时间。

　　夏天结束之前，莲从堇那里听到了那个第一次让她懂得什么叫伤心的消息：王明死了。他是被流弹打中的。他们说他胸口的衬衫被血染红了，血咕嘟咕嘟往外冒象鱼吐泡儿似的，他几乎是立刻死去的，死在战友的怀抱里，还睁着眼睛。时年17岁。

她把这个消息告诉了南溪。两个女孩儿相对无言。她们看着挂在屋里墙上的那顶大草帽，王明本来答应给她们寄在武汉拍的照片的，现在这草帽就是关于他的全部纪念了。泪水从南溪眼角流了下来，莲也哭了。

"你们俩可能都爱上他了吧？"JENNIFER 问。在美国，十四五岁的孩子早就开始约会了。而她们不知道什么叫爱，连男人和女人之间会拥抱和接吻都不知道。她们只是模模糊糊地感觉到，她们喜欢这个男孩儿。期待着他的照片，而不只是这顶草帽。她们期待着他和自己能够长大，也许有一天，他们也会拥抱和接吻，他可能还从来没有拥吻过一个女孩儿，像梅建国一样，又一个年轻的生命就这样过早地毫无意义地永远消失了。

10

莲带来了在家翻箱子时找到的资料，她很吃惊地发现有关爸爸的历史情况证明竟然都是他们的笔迹，是当年他们仨轮流抄写的。

在学校里，莲心里觉得特别压抑，因为爸爸妈妈的事，她被排除在所有主流活动之外，而她自己再也不愿意参加任何活动。她变成了消极分子。

被强加在父母头上的罪名，像铅一样沉重地压在三个孩子身上。董不知从哪儿听说有的子女为了洗清父母的耻辱，自己到档案馆去查有关的历史档案，于是想方设法从学校革委会搞来一张介绍信，带着弟弟妹妹去了坐落在一条胡同里的中央档案馆。

姐弟仨穿着厚厚的棉衣，心情紧张地坐在冰冷的档案室里。生怕让人知道他们是在查和自己父母有关的资料。他们假装是学校革委会的工作人员，乔还戴着几乎遮住整个面部的大口罩，其实没人管他们在干什么。他们抱着一大堆民国期间的旧报纸，堇要莲查看1931-32年期间的"大公报"上有关高蠡暴动的报道。

莲一张张地翻阅着那些发黄的已经变得非常脆弱的报纸，上面记载着发生在几十年前的那些遥远的往事。那时的人们在怎样过活？报纸使用的语言是半文言的，现在读起来别扭而陌生。这说明一个时代过去了，连它的语言都被淘汰了。突然她发现了一则报道，是蠡县县长给河北省政府主席关于这场暴动的呈报经过。县长用被革命废除的语言描述了这个事件，一口一个"匪徒"，"剿办"，其中提及到父亲的化名。莲激动万分，赶快叫来堇和乔，他们继续往下看。终于看到一段有关爸爸的报道：又有俘虏杨致远，据讯供称，是师范学校被革的学生。诿称，为召集同学运动复校的事，坚不吐实。

堇赶紧抄下了这段文字，郑重地注明报纸的名称和日期。三个穿着棉大衣的孩子笨拙地抱在一起。就是这四个字，解除了他们心中的疑虑，而且可能还父亲以清白。

回家后，他们告诉了父亲他们找到的东西，躺在床上的父亲什么也没说。他很惊奇孩子们的举动。这些孩子们，似乎在混乱和磨难中长大了。他们立刻给军管会写信，由堇执笔。然而这封信如石沉大海，没有人理睬他们。但莲从此以后就可以抬着头走路了：父亲不是叛徒。不知道他在监狱里经历了什么，可只要他"坚不吐实"就够了。就足够支撑她未来的岁月。

未来的岁月突然像一排黑色的海浪一样推到了她的眼前。大规模的上山下乡运动开始了。每天都有人被敲锣打鼓地送走，姐姐先走了，人们英勇地奔向不可知的未来，所有的那种勇气和决绝不是生活在平淡世纪的人所能想象的。大概是为了摆脱内心的压力，为了一个朦胧的希望，为了奔赴一个一切有可能从零开始，给所有人平等机会的广阔天地。姐姐义无反顾地走了，莲想去火车站送她，被她拒绝了，就像莲后来走时拒绝父亲去送她一样。她也没让南溪和乔来送她。爸爸不同意莲去东北，认为他们年龄太小，还不能自理。他坚持要她和南溪一起回到他的故乡去，这样亲戚们至少还能照应她们。而此时莲心中充满"军垦战歌"（一部描绘新疆军垦农场的影片）唤起的激情，她向往着那个广阔的天地，和一种想要为此献身的英雄主义，为此，她想走的越远越好。她从家里偷出了户口簿，毫不犹豫地转了户口，爸爸知道后只是叹了口气。而南溪自从莲做出决定后就不再理她。她可能认为莲在面临选择时选择了别人，而抛弃了她。童年亲密无间的友谊就这么脆弱地夭折了。

这一年的全部毕业生都被分配到两个地方——"黑龙江"和"内蒙"兵团，无一人留下。得知各自去向后，所有女生去西单照相馆照了一张相片，大家要莲在上面写点什么，于是莲想起一句据传是毛主席的诗词："问君何日又重逢，笑指沙场火正红"，每人洗了一张留念。

她和几个同班的"死党"（就是班里三个和她最要好的高个子女生：叶红、小岩和奔儿头——顾名思义长着一个大奔儿头，属她生日最大，却显得最小）坚决要求分在一起，大有如果不在一起宁可死的架势，于是军代表同意了她们的要求。另一个想和她们分在一起而未能如愿的女孩子，在车站大哭起来。1969 年的北京火车站，一位著名诗人描绘了告别的场面，这些诗句后来被很多人引用，证实了这是那个时代北京人的共同记忆：

这是四点零八分的北京，

> 一片手的海洋翻动；
> 这是四点零八分的北京，
> 一声雄伟的汽笛长鸣。
> 北京车站高大的建筑，
> 突然一阵剧烈的抖动。

当北京站钟楼的指针指向离别的一刻，那高大的建筑突然抖动起来的时候，当送别的人群发出呜咽乃至嚎啕的时候，莲正靠在车厢的窗口，若有所思地注视着眼前的情景而无动于衷，她庆幸自己没让家人来送，所有四个女孩子都做了同一选择，她们此刻甚至没让自己向车外看一眼。

突然她在人群的最后面，看到了爸爸。爸爸还架着双拐，不知道他是什么时候，怎么来到车站的。他在所有人的头上，举起了他的手。莲没来得及和爸爸打招呼，没来得及表示自己看到了他，火车就启动了。只几秒钟的功夫，爸爸的身影就看不到了。

莲转过头，刚刚还谈笑风生的同伴们都静了下来，一言不发，有的靠在身后的硬椅背上，有的趴在小桌子上，她们彼此谁也不看谁。

从院子里出去的时候，莲也是这样头也不回地往前走的，还是身边的小岩捅了她一下，让她回头看，在胡同的拐角处，她看到姥姥拐着小脚，艰难地移动着，想要追上莲。那是莲见到姥姥的最后一眼。后来姥姥让妈妈把她送回老家，死在那块埋葬了她所有祖先的土地上。

家——就这样随着车轮的滚动和汽笛的鸣叫声被留在了身后，从此以后，原来的那个家就不复存在了，它变成了北方寒夜中一个遥远的梦境。他们走时，还有家人来送他们，而在他们远离家乡的时候，很多人的家都没了，大批干部被送往干校，有很多人被关进"牛棚"或监狱，几乎所有的年轻人都去了农场和农村，从此父母、兄弟姐妹们之间相隔千里，各自为生。莲对于故乡的最后记忆，就是这个哭声震天的火车站。那年她们十六岁。

车厢里的人们慢慢安静下来，孩子们拿出从家里带来的零食开始吃，有人拿出扑克玩起来。莲和她的同伴们却再也止不住自己的泪水，一个哭了，另一个立刻也忍不住了，但她们仍端坐在自己的座位上，用手狠狠地抹着眼泪，倔强地不肯哭出声来。莲走到车厢连接处的空挡，从肮脏的玻璃窗里向外张望，她的眼前一片模糊，所有的悲壮之情都烟消云散，心里空落落的。未来，象一只黑色大鸟，用它的羽翼遮住了阳光，黑色的海浪又一次涌上来，和火车的律动组成的节奏重合了，把她们带向那个深深向往而又神秘莫测的远方……

北大荒

1

　　1969 年 8 月 16 日出发的知青专列，一路走一路停，让路给其他列车，直到 8 月 18 日凌晨才到嫩江边的拉哈镇。上火车来接他们的是黑龙江生产建设兵团五师五十五团团部（原查哈阳农场）和营部领导，除了几个穿着军装的可能是现役军人，还有一个身穿黑棉袄，腰间扎着根麻绳，满脸沟壑般深深皱纹的中年男人，自我介绍是他们的营长。这个人的出现让莲一伙人有点傻眼，心里凉了半截，他们去的不是军垦农场吗？不是应该军事化管理，跟参军差不多吗？营长怎么跟个老农民似的？

　　所有人——来自北京各个学校的中学生们，都在这里下了火车，北大荒用乌云滚滚的黑色天空迎接了他们，一场瓢泼大雨接踵而至。他们被安排在一座糖厂休息，发了面包和水。队伍浩浩荡荡步行十八里走到江边渡口。那年嫩江发大水，多年不遇的大涝灾，岸边翻着吓人的大浪，他们在雨中告别，坐船过了江，在营部（原"绿色海洋"分场，还有个分场叫"稻花香"）吃了午饭，然后各连队把自己的人领走，他们在车上躲在一块黄漆布下面，头发都被淋得湿漉漉的。上车时有个人的箱子盖不知怎么被撞开了，从车上摔了下来。箱子里的东西稀里哗啦地掉进遍地的烂泥里。车启动时莲回头看到那个站在地上一筹莫展的年轻人，呆呆地看着他的东西，不知道怎么办才好。他们傍晚才到了连队。因连日下雨遍地胶泥，热特

（东北地区使用的类似拖拉机的机动运输车）陷在泥里无法前行，所有人都被叫下去推车。连队派带铰链的东方红拖拉机来接他们。所谓连队，就是一望无际的大平原上几排孤零零的土坯房。第一个看到的人是"大疯"，1965 年来的上海女知青龚秀凤，得了精神病，她披着散乱的长发，手舞足蹈，站在桥头唱歌。从眉眼还能看出过去长得挺漂亮的。她丈夫正是来接知青的拖拉机手，一个很能干但脾气暴躁的男人，据说经常打她。他停下车，呵斥着大疯，揪着她的头发把她拖回家去。这一幕之后没几年她就死了。很多在北大荒得了精神病的人都被安顿在北安精神病院，由后来做生意发了财的老知青们资助，直到无人认领的他们逐一死去。在这块既广袤又封闭，既肥沃又荒芜，刻下无数人青春印记的黑土地上，有人走出很远，有人却没能走出来。

除了这让人触目惊心的一幕，他们对北大荒的最初印象就是和满地的泥泞连在一起。似乎所有人都出来迎接他们。莲被迎进一间土坯房，脱下沾满烂泥的鞋，坐在一个小板凳上洗脚，很多从四面八方递过来的毛巾和水壶，正当她晕头晕脑地擦脚时，小板凳突然一下垮了，断成几截，她摔了个屁股蹲儿，坐在了地上。在大家的笑声中，怔怔地东张西望，这个土房就是她们未来的宿舍。

由于男女搭配不合适，同班的三个男生临时被分到其他连队，换来天平桥中学三个女生，男生不肯走，三个女生也不肯走，于是都滞留在六连的大宿舍里。

雨一直下个不停，没有雨靴无法出门，地里的泥没膝深，北大荒的土真肥啊，据说世界上只有三块黑土地，一块是乌克兰大平原，一块是密西西比河流域，还有一块就是他们脚下的黑土地。这土的粘性极大，鞋一粘在泥里就掉，只有莲带了一双长筒雨靴，一开始她们也不肯去吃饭，躺在别人的被子上，吃着从北京带来的零食，饼干渣撒的到处都是，还分给同屋的知青们，后来饿得不行，由个子最高的叶红穿着那双长筒靴，从窗口轮流背着去宿舍对面的食堂吃饭。三个男生后来终于被允许留下，到另一个连队去取行李，从泥地里把自己的木箱子拖了回来。莲和同学们整天坐在宿舍的大炕上，出不了门，一边哭一边唱歌："抬头望见北斗星，心中想念毛泽东"。

他们觉得自己被骗了，一个个很悲愤，还扬言要去告兵团来招工的人撒谎，撒了什么谎，他们也说不清。反正这一切都和他们听说的，也和他们想的远远不一样。连队领导也拿这些只有十五六岁的男孩儿女孩儿没办法，莲去水房打水时听到农业排排长对连长摇头叹气地说："弄这些个这么点岁数的城里孩子来干啥？"接着可能是怕犯错误，马上说道："知识青年不是来接受再教育嘛，赶紧让他们下地干活儿就是了。"于是很快给他们分了排，没几天麦收开始了，没人再有功夫搭理他们，所有人都投入紧张的劳动——割麦子。一开始她们都被分在农业排，在农田里跟康拜因收割，那机器像跳舞似的，蹦蹦跳跳地经常落下一大片没割过的，就得由跟在后面的人用手割。莲小学时去农村劳动，也干过这活儿，但笨手笨脚地摆弄那把不听使唤的镰刀，搂起一把把泡在积水里的麦子，多少回差点砍在自己腿上。但也不敢太落后，手忙脚乱地跟着往前冲。后来她干脆用手拔，几下手就磨出血来。没去过北大荒的人，真无法体会什么叫一望无际，就是低头弯腰干活儿，没完没了，总也望不到头。据说一垄地就有 14 里长。等到想喘口气时，眼前一片发黑，连腰都直不起来。这活儿把大家都干垮了，还得和田里无穷无尽的小咬做斗争。他们带着自制的防蚊虫的面罩，在帽子下面系上一块毛巾，只露出两只眼睛，像鬼子兵一样。晚上收工回家倒头就睡，连脸都不洗。再没有人发牢骚，掉眼泪了。

连长和排长们大概都很高兴，这个下马威真管用，没人再闹事了。这第一年生活他们过的狼狈不堪，就在懵懵懂懂，疲于奔命中度过了。

当时正值中苏关系紧张，珍宝岛的枪声一响，连队立刻进入高度戒备状态。大家似乎都相信，不久就要和苏联打仗了。每天早上天还没亮就要起来操练跑步，莲和同伴们一直到回来都睁不开眼，寒风嗖嗖地吹在脸上，整个过程跟梦游似的。操练一直持续到冬天，当他们从耀眼的雪地之中走回黑洞洞的宿舍时，就像掉进一个地洞里一样，完全失去了视觉。莲最害怕听到各种钟声和号声。一开始上工时是敲一块挂在食堂门口的磁铁，后来改成吹号。叶红从家里带来一只可以翻盖的小闹钟，放在她们炕头的一块木板上。但无论它怎么响都没用，非得大家都起来了有人拼命摇晃莲才能醒。一次夜里急行军，只给五分钟让每个人自己打背包，这听起来简单的事可决不简单，没受过训练的人根本打不成包，莲稀里糊涂地把被子和其他东西都卷在一起，用绳子胡乱扎起来赶紧往外跑。夜里也不知道目的地是哪儿，黑灯瞎火地，深一脚浅一脚，只觉得一路上从包里不停地往下掉东西，先是手电，也没工夫回去找，那样一来就要掉队了，后来是毛巾和水壶，这个军用水壶还是日本制造的，爸爸从抗战时就用的，传给了她。回宿舍时她的包已经散了，这些丢的东西都是回来后才发现的，让她心疼不已。路上一个上海胖姑娘石美娟还掉进沟里，被大伙儿七手八脚给捞了上来。

连里还组织了一次去团部交公粮。让每个人自己报数，把粮食装在背包里，这回莲在其他人帮助下打了个结实得多的背包，奔儿头只背了五斤，她的小包在肩膀上晃来晃去，成了大家打趣的对象。但这路程可不近，到团部去要二十多公里，不过经过那种急行军，他们已经能走很多路了，再说从连里出去无论到那儿都得步行。一行人到了团部面粉厂去交了公粮就散了，她们四个兴冲冲地去团部找一个分在这里的同学——只有根正苗红的先进分子才能分在团部，想在她的宿舍里混一夜，没想到她没在。只好又原路走了回来，那天一共走了五十公里。

其实这些劳其筋骨的事莲都没有太在意，倒在炕上睡一大觉就什么都过去了，她最经常想的是吃。过去她瞧不起豆豆和乔，觉得他们只知道吃，没有一点理想。现在她也和他们差不多，理想早就不知道哪儿去了。她来时带来不少书，她最喜爱的《团的儿子》、《汤姆.索亚历险记》、《哈克.贝利芬历险记》、儒勒.凡尔纳的《海底两万里》，还有蓝漪送给她的屠格涅夫的《春潮》和莱蒙托夫的《当代英雄》。结果放在箱底的书从来没被拿出来过。连队经常停电，晚上点的煤油灯也不够看书的，能趁亮摸到自己的铺位就不错了。

连队的主食是大碴子和小米饭，菜是腌萝卜条、炒土豆片和洋白菜，偶尔有豆腐，完全没有肉，也几乎见不到油，顿顿都一样。劳动繁重，连女生都老是感觉吃不饱，其实粮食还是管够的，只是嘴里实在没有滋味。所以人人都馋的要命，每天只想找点什么可吃的。挖地基时，他们扶着铁锹，靠在沟里回忆起北京有什么好吃的，这一说可不得了，说的浑身瘫软无力，口水直流，再也干不动活儿了。为了解馋，莲和三个女生去附近农村小卖部买饼干，走了近二十里路，经过一道水沟，她们仨都跳过去了，只有奔儿头不敢跳，四人隔沟相望走了好久才碰到一座桥会合了。那饼干又大又厚，黑乎乎硬邦邦的，站在柜台上就吃掉一半。不知谁的主意，她们从厨房要了面粉去大疯家炒面，把炒好的面放在炕头的隔板上，每隔一阵就拿勺子挖着吃，小岩说炒面应该用水冲着吃，但没等到用水冲就吃光了。那年发大水，粮食烂在地里来不及收，都受了潮，返给食堂的就是这些发芽的麦子磨的粉，他们吃的自然也就是这些面粉蒸的馒头，粘糊糊的，酸溜溜的，难以下咽，有人发明了放在炉边烤，一层层地揭着焦皮吃，莲最多一次吃了七个。青黄不接时一顿饭只有土豆，剥了皮蘸盐吃，过后胃里直冒酸水。谁要是收到包裹或回家带来吃的，引起众人羡慕，大家的目光都会情不自禁追随着那些打开的包裹。莲问家里要了几次香肠和奶糖等，后来董来信说为给她买这些东西乔连饭钱都不够了，那时爸爸已经去了干校，妈妈也被迫回到农村，乔一个人住在家里，还是董给他寄了钱。莲再也不好意思写信诉苦了。

在大食堂吃饭是一场名副其实的战斗，大家围在饭桌前，眼巴巴地盯着被炊事员送上饭桌的大汤锅，谁先抢到勺子就像占领了高地，掌握了主动权，上海女知青周玲玲被大家叫做"海洋捕捞队长"（大概源于农场名"绿色海洋"），虽然带着近视眼镜，但手疾眼快，猛捞汤里的土豆。然后汤勺在上海人之间传递，个个捞的稳准狠。北京人干瞪眼，等轮到他们时已经清汤如水，什么都没有了。

到了收获季节，他们吃上了香瓜，每人买了一脸盆，吃的直拉稀，奔儿头拉得最厉害，还没跑回宿舍又要拉，于是干脆端个小板凳坐在厕所外面。后来冬天吃过冻梨，也是如此。难得吃上水果，一旦有机会，谁都不肯放过，先过了瘾再说。有一次小卖部来了果子露，不知是什么果子做的，立刻就被抢光了。大家一瓶接一瓶地直到喝光了为止。

同来的男生中有的分到煤矿去干活，出全勤能有 80 多元，莲他们普通农工是每天一块两毛五。小岩家在文革初期就出了事，她父亲是交通部外援司司长，刚从越南修铁路回来，被造反派打死，她说自己不但为了摆脱城市给她的伤痛和屈辱，更重要的是为了这每天一块两毛五在这里坚持，不给家里再增添困难。他们到了不久，就召开了兵团战士誓师大会，莲惊愕地得知因为东北土改早，这里得算爷爷成分，她们都成了地主富农出身，连当个兵团战士都无望。不过大家都干着一样的活儿，也没人在乎这个。

分到煤矿的男生后来在写回忆录时讲了自己的故事：为了改善伙食，哥儿几个坐火车去二百里外的镇子上找饭馆吃。错过回矿火车只好在车站睡了一夜，站台只是一个帐篷，没人卖票，上车再补票。他们的宿舍也是帐篷，身子底下杂草丛生，榛树棵子越长越盛。后来搬到砖房，有个矿工在帐篷最高处挂了两个吹鼓的避孕套以示庆祝。发给他们避孕套是用来代替装爆破用的炸药昂贵的专用防水套。

和内蒙兵团的同学聚会时听说，他们吃的更差，吃过一种叫做"稗子"的东西。莲还上网查了，百度百科说是一种和稻子非常相似，但属于野草类的植物，根本就算不上粮食，而且是"恶性杂草"，和稻子争夺营养，就是除草时要连根除掉的东西。据说败家子中的"败"就是从这个词演化而来的。

内蒙兵团的同学说，他们在巴彦淖尔附近荒漠（靠近宁夏）地区，没有任何村镇和居民点，根本无法走出去，离外蒙边境比到内地要近得多。逃亡的人会迷路逃向相反方向，被抓回后五花大绑挨斗。他们没有任何信息，没有报纸和广播。每天都要训练，营长说：如果打仗，要知青坚持十分钟。只有武装班有枪。除了班长外，各级领导都是现役军人，每月领6元津贴第三年才允许探亲。

他们刚去时那里一片荒漠，一无所有，自己开荒，自己盖房，后来甚至还建起了打铁厂，自己修理农具。

一群男生被分配在砖厂干活儿，用雷管和炸药，把石灰石炸开。因为都是十五六岁的孩子，没人有经验，有时没炸，每个人轮流去观看什么情况并重新填药，这种情况很少发生。他赶上过一次，脑子一片空白，觉得自己可能会死，没有一个人说一句话，也不能不去、大家约定，职责所在，所幸没有发生意外。"比起他们，我们好像还是好多了，因为是老农场，有些基础。吃的至少是粮食。"

一直在听莲讲述的 JENNIFER 忍不住打断了她，问了一句和排长的抱怨差不多的话："让你们这些小孩子去那么远的地方，干什么呢？为了什么？"

莲第一次开始思索这个问题，"是啊，为了什么？"她从未想过，生于那个时代，只觉得一切都不过是听其自然，他们突然被抛入历史的断层，还没有能力自己思考，只是被时代的洪流裹挟着走，成为某个大战略的一部分，或某种乌托邦试验的牺牲品。过了许多年后她才知道，他们这批人，连一直和"知识青年"划等号的"老三届"都不算，他们被称做"小六九"，是历届中学生中上学最少，走的最远的一批人。他们是不被人关注的牺牲者，因为他们读书太少，很少人能发出声音。后来恢复高考后也很少人考上大学。他们之后的中学生就留在北京了。她无法告诉 JENNIFER 这些，她也听不懂，但她听懂了他们是"上山下乡"运动中年龄最小，受教育最少，离开家乡后过的最狼狈，后来也很少有机会改变命运的一代人。莲和同伴们的中学生活和北大荒生活，在她看来是极其荒谬，不可理喻的，她总想和一个大的政治目的联系起来。她拿出厚厚的一本书，问："为了能理解你，我看了这位法国学者关于文革的书，他说让你们到农村去是为了毛的政治目的，更重要的可能还是经济目的。社会生产停滞，经济濒于崩溃，突然一下积累了这么多闲散青年，无法安置，只能都送到农村和农场去。"

"可能吧，"莲说，"什么叫政治目的呢？大概就是为了让我们受苦。除了受苦，我没看出什么别的意义。"

2

他们来之前，这个连队已经有两百多各地知青了——来自上海、天津、哈尔滨和齐齐哈尔附近的钢铁基地富拉尔基。最多的是上海人，大部分是中专生，主要来自技校和工艺美校。他们因为年纪偏大，出身普通家庭，不得不考虑自己的实际处境和利益，包括入党、提干和终身大事，在北京的"小六九"们焦头烂额地应付每天艰苦的劳动和生活时，他们已经纷纷谈起恋爱和考虑成家了。后来听说他们的连长有作风问题，利用职权和女知青发生关系，给她们安排食堂小卖部或卫生员或宣传队的工作。

"海洋捕捞队队长"周玲玲因为体弱，倒不是因为出卖了什么，被安排在小卖部工作，从没下过田，很不起眼的一个人，要不是因为她捕捞的技术，莲根本不会记得她。但因一篇上海通讯员"常在河边走不湿鞋"的标题文章，突然间变红人，成为整个兵团先进积极分子，每天到处作报告，这件事让所有人都觉得莫名其妙。大概是因为团里需要树立个知青典型，在那个荒唐的年代，人的命运就是这样突转，一夜之间上天入地。周玲玲不但被推荐上了上海的大学，后来一路做到处级官员。

麦收过去后，又重新分了排，这回莲被分在基建排，负责给老职工和新来的知青盖房子。她至今也搞不明白，比一般人都更笨手笨脚的她居然被安排当了大工，就是站在脚手架上砌砖，这是个技术活儿，莲跟在老职工后面，从下面小工手里接过砖，沿着一根标线抹泥砌墙。睡在她旁边的燕秋，来自另一所北京中学，当小工给她递砖递泥。晚上两人上炕后就开始叽叽喳喳，燕秋最喜欢听莲给她讲故事。睡在另一边的上海人嫌吵，总是不满地嘀咕，她们只好闭嘴。虽然在食堂边上有个水房，但热水是珍稀资源，她们只用一个脸盆底的热水，洗脸甚至擦身。直到冬天莲去哈尔滨和董会面，才有机会去公共澡堂洗了一个痛快的澡。回来发现她的铺位已经被蚕食了，燕秋又努力帮她拱出一块地方，晚上她都能感觉到有人在她身上打牌。妈妈把在信托商店买的苏联军大衣拆了给莲做了双又大又厚的棉袜子，穿不进任何鞋，只能回来躺在炕上时穿着暖暖脚。爸爸给她带了狗皮褥子，但莲用了过敏长包，于是给小岩用。烧炕经常引起火灾，那个冬天小岩的褥子和大头鞋都被烧了。据说有的连队宿舍大的可以骑自行车，长长的火墙上烤满大头鞋，整个屋里的气味可想而知。她们一直住在刚来时的土坯房里，四面漏风，躺在炕上透过顶棚稀稀拉拉的椽子都能看见屋外的天空，冬天这些墙上的裂缝都结了冰，睡觉时得带着皮帽子。

北大荒的冬天来得早，经常九月就会下第一场雪。她们的土炕用久了，需要扒炕，她们当然不懂为什么要扒炕，只是安排她们四个女生抱着被子去排长家住，和他们一家老小住在一起。

排长是当地人，对她们不错，让她们睡在正房，全家人都挤在厢房。老乡家远比她们的宿舍暖和多了。一天晚上，通知她们去打夜班——到太平湖装车，忘了把什么东西运到什么地方去。莲直到这次查资料，才知道查哈阳位于大兴安岭南麓，距离齐齐哈尔和内蒙的莫力达瓦咫尺之遥。前几年她去呼伦贝尔旅游，觉得那里的景色很熟悉，查地图发现确实离她们连队不远，现在已经成了旅游热点。而当时就仿佛从天而降一样，坐了几天几夜火车，她们突然被抛到一个孤岛，活动只局限在步行范围，最远也不过走到团部，对于自己在什么地方一无所知。

莲对于那时的记忆懵懵懂懂，完全是混乱的，碎片式的，她努力想按照时间顺序叙述，却很难理出头绪。唯有坐热特打夜班时的感受记忆犹新。

查哈阳在嫩江的冲积平原上，一望无际，远处有起伏的丘陵，还有月光下闪闪发光的太平湖。这太平湖莲究竟看到没有？还是她的一个梦境？路程很长，他们的车像一只甲虫一样，在空寂的平原上缓缓爬过一个个小土坡。每颠簸一下她们的身体就跟着抖动一下，骨头都仿佛抖落散了。实际上坐在热特车斗里的几个知青都处于半睡半醒，迷迷瞪瞪的状态，每次打夜班都是如此。这从黄昏没入夜色的特殊时刻唤起莲的某种记忆，伴随着火车哐里哐当行进的声音，还有汽笛的鸣叫声，使她一下陷入一种奇特的状态。她有生以来只坐过有数的几次火车，却对这样一个时刻铭心刻骨。太阳即将落山或者已经落山，四周一片静寂，天空残留着惨淡的红光或者完全陷入黑暗。她意识到自己的存在，无依无傍的存在，不知自己身在何处。乡愁和各种思绪涌上心头，仿佛天地间只有她一个人，家乡远在千里之外，过去的一切都像是一个梦。她面对着自己赤裸裸孤单单的存在，感到难以名状的惆怅，没有任何东西，没有任何身外之物可以淹没或消解这种忧愁。许多年后，当她读过许多书后，她把这个时刻命名为"存在之忧"，是她具有自我意识因而"真正存在"的时刻。茫茫夜色中，远处似乎看到一些绿光的闪耀，叶红用手捅捅她，"那是狼吗？"她一下子醒了，这荒野上真的可能有狼，传说有人遇到狼，还有人被狼吃掉了，因此没人敢在夜里在这片荒原独行。这绿光一直追随着他们，时隐时现。也许只是个幻觉？

夜里温度骤然下降，比白天冷得多，莲的腿都冻僵了，她用车里的玉米秸盖在自己身上，和身边的同伴紧紧靠在一起。她很久都不十分清楚，这太平湖究竟真是个湖，还是只是一个地名？

但太平湖确实有一个鹿场，一次夜里鹿场的草场着火，他们被叫起来去救火，还没跑到现场火就灭了。事后她疑惑他们什么都没有，既没有水，也没有灭火工具，怎么救火？

其他人却没有这么幸运，他们真的赶上了救火，并且为了救火献出了生命。邻近的十九团就有十几个人为救砖瓦厂的大火葬身火海。毫无经验的知青如何知道怎么救火？看着照片上那些年轻稚嫩的面孔，想象着他们还没有展开的人生，莲感到痛心。说实在的，她完全理解他们为什么会那么做，宣传的力量，理想主义和利他主义，英雄主义的宣传，从孩童时代起就深深种进他们几乎是一片空白的头脑里，使得这些年轻人毫不犹豫地朝大火冲过去。

JENNIFER 问她："如果是你，也会冲上去吗？"莲摇摇头，不知道，但很可能。她曾和一个年长的朋友讨论过这件事，他说：为共产主义献身？太荒唐了，献出一块小手绢还差不多。可他们就是受了那样的教育，根本不知道怎么回事就一个个冲上救火的卡车，生怕把自己落下，还没来得及成熟变聪明，学会判断是值一块小手绢还是全部生命，就被烈焰吞没，永远留在那块黑土地上冰冷的墓碑下了。

3

　　下雨了，天地都笼罩在一片灰蒙蒙泥巴色的混沌中。如果雨大出不了工，他们就在大宿舍里开会学毛选，或听传达中央文件。所有人坐在炕上各干各的，有缝衣服的，有写信的，也有把衣服或报纸盖在脸上睡觉的。连长会冷不丁地掀开脸上的遮盖物，把睡着的人揪起来，让他读当日的学习材料。一位不知为啥外号叫"小北京"的天津知青被点中朗读毛主席的《实践论》，随着他抑扬顿挫带着天津口音的声调："人的正确思想是从哪里来的？是从天上掉下来的！"，大家都愣住了，连长也瞪大眼睛，有点迷惑：毛主席是这么说的？后来"小北京"翻到下一页才发现还有一个"吗？"字。众人哄笑起来，笑得昏天黑地，连长气得从"小北京"手里夺过毛选，"你们这些混球儿，捣蛋分子，再闹把你们都送到劳改队去！"连长发了一阵飙，在训话的过程中，发现"小北京"早已经又睡过去了，口水都流到秋衣上。还能怎么罚他呢？他是天津"小六九"，过得比北京孩子还邋遢，从不洗脸，脸上结了一层壳，破棉袄上全是洞，往外飘着棉絮，终日腰里栓根麻绳，大家都说他和工农兵结合得最好，比当地人还像老乡，应该选他当知青代表。后来他妈妈随慰问团来连队看他，第一眼都没认出他，怎么也没想到自己儿子成了这样，眼泪止不住掉了下来。

　　连里还真有个劳改分子，大家叫他"二劳改"，意思是劳改释放就业的人员。他原来是北京大学的学生右派，曾在边境上的兴凯湖农场劳改了十年。从不和任何人搭话，每天只是扛着铁锹或扬叉走在队伍最后面。他活儿干得很好，动作比老职工还利落。看着他莲有时会想起南溪的爸爸，她从小仰慕的人，一个那么英俊、那么儒雅和有尊严的人，他会不会也是这样活的？文革开始后就没见过他。

二劳改住在水房，和烧锅炉的单身汉老张头一起。老张头说他读过好多书，特有学问。小岩的爸爸是东北军起义的，因和老张头同姓同乡备受优待，还吃到过他在北干线捕捞的油炸小鱼。小岩有次到水房，看到他们屋里的自制书架上放着很多书，问他为什么到了这里？他说了一句：因言获罪。他大概是听老张头说过小岩的家事，也可能是连队的政治气氛没那么浓，已经是最基层了，否则他又要为这句话而"因言获罪"了。但知青在的期间，每逢运动，动不动就把他揪出来批斗。他终生未婚，一辈子就这样被毁，平反后终于离开这里，到西安投奔什么亲戚去了。

秋收之后，知青都被集中到场院上干活儿，赶在下雨之前把刚收下的粮食晾晒出来装车运走。他们需要扛两百斤左右的麻袋上三级跳板，莲也跃跃欲试，好像也曾背着麻袋走过几步。只有一个外号叫"假小子"的女生（和燕秋来自同一学校）能走完全程，赢得一片喝彩，但她也因此落下终身残疾。场院上大豆、玉米堆积如山，老乡家的猪也来改善伙食，在人都吃不饱的年代，猪们都成了精。先是在场院四周建了一圈篱笆，猪们轻松跃过，后来挖出一道宽一米深一米的壕沟，也挡不住它们，把壕沟加宽到一米五后，猪过不去了，人也过不去，得绕一个大圈子。有人为了方便，搭上几根独木，于是猪也方便了，看着几百斤重的大猪四只小蹄子竟然能在不足十公分的圆木上直线走过，简直比体操运动员走平衡木还轻盈。一天"假小子"在看场院，发现那只罪恶满盈的大花猪率领着一群小猪在大块朵颐，"假小子"一把扬叉扔过去，正中大花猪的后背，这可怜的畜牲带着那把叉子哀嚎着逃走了。众人为"假小子"捏把汗，囚为这大花猪是连长老婆的心爱之物，但大概因为理亏，那个泼辣闻名的婆娘也没敢吱声。

看完这场热闹，也到了收工时间，人们逐渐散去，莲偷偷爬上一个高高的麦垛，躺在麦垛顶部独自"浪漫"，她睡着了，醒来时发现一轮明月慢慢升到空中。哈尔滨男生刚到时曾打死一只小狼，吊在场院挂收工钟的栏杆上，夜里引来老狼的哀嚎。现在她似乎又听到了狼嚎，吓得赶紧下来，看场的老职工护送她回到宿舍。

另一个有月亮的夜晚，轮到莲打夜班，在地里跟康拜因脱麦粒，她的活儿是在机器右侧的接粮台上，每装满一麻袋就把口袋扎紧推下去，然后再拿一只空口袋继续接那些被收割下来直接脱粒的小麦。和她一起上夜班的是富拉尔基知青"小胡子"，莲注意到这个帅气的沉默寡言的小伙子有好长一段时间了，实际上他们天天一起上工，但从来不说话。现在他们也不说话，小胡子一把抓过口袋，独自一人干起来，莲甚至都插不上手。她能听到他喘气的声音，感觉到他向她倾斜过来的身体，每当要碰到她就会紧张地闪开。"你睡吧。"这是他说的唯一一句话。莲感到隐隐的莫名的激动，因为他的存在而感到异样。现在的年轻人们很难体会那时男女之间隐秘的吸引，环境的压抑和封闭就像一座发酵罐，将最初的朦胧的情愫珍藏其间。人们终其一生都不表白，因而才能产生那种刻骨铭心的感情——直到现在她才知道，人的感情和感觉都是有数的，并不是随时都会发生，滥用了浓度就会降低，最终就会枯竭。由此人受的苦也是有限的，因为人所能感受到的东西是有限度的。

莲很舒服地享受着一个年轻异性的照顾，享受着他身上那种特殊的气息，一开始还能看到他高高的鼻梁，侧面清秀的线条，有力的臂膀忙碌的动作，后来渐渐地就迷糊了。她不知不觉睡着了，直到从接粮台上掉了下来。"小胡子"大叫起来，后来司机告诉她，他爬上康拜因的窗口，喊停了机器，他跳下来把坐在地上木呆呆的莲拉起来。车上的人也都跳了下来，莲看到康拜因巨大的轮子离她只有一尺之遥。在人群的嘈杂忙乱中，莲的目光寻找着小胡子，他却早已经消失在夜色中了。只看到一轮铁锈红色的月亮斜挂在遥远的地平线上。

莲连他的名字都不知道，很快他被调到武装排上山伐木去了，从此再也没有见过。知青返城多年后的一次聚会时，同连队的男生告诉他小胡子在回到富拉尔基后一次游泳时淹死了。这消息听起来如此不真实，就像她在北大荒度过的所有那些青春岁月一样不真实。

"想起他你很伤心？"JENNIFER 的声音把她拉回现实。"这算是你的初恋？""如果这能算的话，"莲回答。"那时候我们对性一无所知，还分男女界限呢。你懂什么意思吗？"

"美国的孩子们也有过这样的时候，刚进入青春期，对于男女之间的事情很困惑，但兴趣很大，而且两性各方面的发展不平衡，现在关于是否分校还有争论呢，欧洲人更倾向于分校，美国的私立学校也有分校。"

"我们成长的过程中，从来没有人告诉我们该如何对待这些事。我们都是从小学一个班上来的，男女生也互相不理。我们的青春期是在文革中度过的，这肯定影响了我们后来的婚恋生活。"

又是一个皓月当空的夜晚。只是这天的月亮特别亮——他们到北大荒后的第一个中秋节，莲收到家信和一个包裹，连长特地派通讯员到营部去把所有积压的邮件都取了来。她突然不可抑止的想家，偷偷流起眼泪，为了不让人看到，她拿了个小板凳，放到宿舍土坯房后墙无人之处，拆开包裹，原来正是月饼！而且是北京稻香村的五仁月饼，是她做梦时才会出现的东西。她像祭祀似的把月饼摆在小板凳上，抬头对着月亮，双手合十拜了拜，突然强烈地想父母，姐姐和弟弟，想北京。平时她极力抑制着自己的情绪，除了收到家信时，什么都不想。一家人天各一方，五个人分别在五个不同的地方，不知他们怎么样了？给南溪写的信从来不回。她还在怨恨自己？她拆开乔的信，他告诉莲，月饼是南溪寄给她的。莲泪流满面。

<h1 style="text-align:center">4</h1>

那个冬天也许是莲在北大荒度过的唯一一个冬天。她以为自己在那里待了两年，同伴们都说只有一年，因为在第二年叶红和小岩也都陆续当兵离开了。

姐姐可以休探亲假回北京了，她在二师，靠近黑龙江边中苏边境的地方。虽然自从乔给她寄香肠后，莲再也没有写信诉过苦，可爸爸妈妈不放心她，让董和莲一起去他们在哈尔滨的中监委老同事洪阿姨家过新年。

连长给了三天假，正是农闲，凡是该休假的人都在这时走了，连长让所有人过完新年准时回来，参加冬季的水利大会战。

莲从团部乘汽车到拉哈车站，又到了齐齐哈尔准备转车，一个人站在乱哄哄的候车室里东张西望时，一个又瘦又高热情的佳木斯青年带她去窗口买了票，坐火车到了哈尔滨。东北所有的城市都受到短缺经济的困扰，到处都是投机倒把的人们，拥挤的肮脏的车厢里堆满了不买票的旅客，他们扛着大麻包，躲避着乘警，从一个城市到另一个城市去。莲蜷缩在硬木板椅子上昏昏欲睡，似睡非醒，警惕地护着她仅有的小包。董比她先到，和洪阿姨儿子春生到火车站接她。姐妹俩都穿着臃肿的军绿色大棉袄，脸比过去圆了许多。不知为什么，吃着同样的伙食，所有的男孩儿都越来越瘦，而女孩儿却越来越胖。洪阿姨家住在太阳岛上一座俄式小别墅里，是中东铁路时代白俄贵族住过的，门窗都是白漆已经剥落的雕花原木的，院子里有一棵大樱桃树，落满乌鸦，房檐下结着厚厚的冰棱，春生带着她们用汽枪打着玩儿。春生还有个妹妹，和莲岁数差不多，他们都没有去插队，没多久春生就去当兵了。院子里还有一个小小的用水泼成的冰场，他们坐在用木头椅子做成的冰车上互相推着奔来奔去，玩儿得不亦乐乎。洪阿姨坐在客厅的大皮沙发里，和她们一起回忆在北京的时光，他们自从中监委撤销后就调到哈尔滨，文革前春生父亲已经去世了。洪阿姨很爽朗的一个人，笑声特别响，她说要带他们去吃饭馆，"我馋极了。"莲兴奋地说，"我也馋极了。"洪阿姨说。当他们到了一家饭馆时，却发现只有一个菜，就是炒洋白菜，由此可见哈尔滨的供应情况。那个年代全国人民勒紧裤腰带为了供应北京。

虽然没能如愿以偿改善伙食，但能见到姐姐，并且和几个年轻人一起到处游逛还是让她很高兴。冰雪覆盖着整个城市，墨绿色和金色相间的圣索菲亚教堂的洋葱头圆顶在晴空下闪闪发光，走在积雪被踩踏得坚硬晶莹的马路上，看着那些带着毛帽子，穿着高筒靴，在松花江的冰面上行走或穿着冰鞋溜冰的哈尔滨人，她不由得想起那些久违的俄国小说。这是一个贫困、寒冷和漂亮的城市。他们坐着轰隆轰隆的有轨电车驶过市中心，人们在商店里闲逛，而柜台上空空如也。电影院里，年轻人都坐在椅子的靠背上，发出一片震耳欲聋的口哨声和喊叫声。她们带着兵团发的大皮帽子去照相馆照了张相。和董在火车站分别时，她哭了。因为姐姐要回家了，可以见到爸爸妈妈和弟弟，而她只能回到连队，等待和盼望着自己能休假的日子。

果不其然，莲刚一回去，查哈阳的水利大会战开始了。

他们每天要步行十几里，才能走到北干线河边。到了冬季最冷的时候，他们穿上所有的厚衣服，大头鞋里塞进厚厚的毡垫，扎紧皮帽子的耳朵，很多上海人还带上口罩。口罩呼出的湿气很快结成冰粘在了脸上，摘下来都很困难。有人耳朵都冻得变了色，据说如果用手去碰铁，就会粘在上面。现在想起这些来自温暖的南方的上海人真不容易。

到了工地，已经是一片热闹景象，诺敏河是一条长长的内陆河，嫩江最大的支流。下游的查哈阳曾经是伪满时期日本移民"开拓团"垦荒的地方，设计出"自流灌溉"系统，要把这里变成百万关东军军粮的战略后方。十几万中国劳工留下他们的尸骨。本来冬天是农闲季节，却动用全师的力量搞起了这场著名的水利大会战，好几万人参加，有的队伍走了三天才到，脚上长满大泡，女生走不动了，坐在地上哭，还有人累得滚到路边的壕沟里就睡着了。他们大部分住在临时搭的窝棚里，来自不同地区的人在他们所属地段插上自己的旗子。莲后来遇到她的健身教练路东，当年也来查哈阳修过水利，她还回忆起自己睡在一个大食堂的地铺上，莲和她聊起了种种细节：食堂后窗面对着一个猪圈，出门左拐是小卖部，右拐是豆腐房，发现很可能就是他们的连队。当然也可能是其他连队，因为所有连队的建筑基本上都是一样的。路东说他们连先是住在河边一个临时仓库搭出的工棚里，男女宿舍间隔着一道草席，晚上男生聚在二层铺上听人讲故事，正当讲到福尔摩斯《巴斯维尔猎犬》中最恐怖的一幕，二层铺禁不起重量轰地一下塌陷了，好在没人受伤。可她在结冰的河面上抬冻土时，滑了一个跟头，摔断了胳膊。在团部医院接骨时接错了位，一直到夏天都吊着绷带。比起这些远道而来吃了无数苦头的战友，他们就在自己家门口干活儿，真是够幸运的。

来自各个城市的新农工们，或者说兵团战士们，各就各位，脱掉棉袄，抢起大镐开始刨冻土，半天才刨下一块。莲和女生们负责把男生刨下的冻土装筐运走，有时她也上去抢一阵大镐，火星四溅，却不见有什么战果。路上走的时间太长，到了不久就该吃饭了，莲和同伴们轮流站在山坡上瞭望送饭的马车，望眼欲穿的马车终于到了，没有餐具，捡根树枝当筷子，常常没等吃完小米饭和洋白菜就冻上了。渴了派人去刨冰，用小筐运回来，等化冻了再喝。等不及就直接往嘴里塞把雪，反正到处都是积雪。

经过一系列宿舍安排的变动，现在睡在莲旁边的是上海知青小龙。她又瘦又小，深度近视眼，据说有一千度，性格内向，从不和人说话，莲只记得她仿佛发烧似的红通通的小脸，鼻子上细小的雀斑和一双长睫毛的眼睛，经常让她想起南溪。她是上海来的最后一批六九届，和莲同岁。她也不和其他上海人在一起，每天只是挎着莲的胳膊走，否则会掉进沟里。北大荒下午三点多天就黑了，所以干不了多少活儿，就开始往回走。有人累得边走边睡。莲自己狼狈不堪，手忙脚乱，却负起被另一个更弱小的人依赖和信任的重任。每次要收工时，莲都会到处找小龙，小龙也四处张望找她，就像莲和南溪在天安门广场毛主席接见红卫兵那次。小龙对她的回报是上海人传递汤勺时每轮到她就直接递给莲；自己差不多是个瞎子，还戴着一千度的近视眼镜为莲补过棉袄——挂在别人的铁叉子上撕破一个大口子。

有时莲和燕秋站在刚修好的堤坝上，莲戴着妈妈寄来的红色拉毛围巾，燕秋围一条绿色的，人们叫她们"红头巾"和"绿头巾"。她们在找什么？ 除了负责瞭望送饭的马车，莲下意识地在路过的年轻人中寻找着，希望能见到小胡子，听说团部的武装连也来了，就在离她们不远的工地上，然而从来没有碰到过。休息时哈尔滨和富拉尔基知青们纷纷提着冰刀下到北干线的冰面上滑冰。平时他们都很少说话和表现自己，现在和那些踉踉跄跄，东倒西歪的上海人比起来，他们的身姿显得如此潇洒和矫健，引来女孩子们的欢呼。莲目不转睛地盯着滑得最好的一个，仿佛在他身上看到了小胡子的影子。她第一次被他吸引就是看到他在冰上驰骋的样子。

零下三十多度的天气，天寒地冻，对付石头一样的冻土，经常一整天也垒不出几米堤坝，虽然天天唱歌，喊口号，大喇叭宣传，热火朝天的，工程进度却很慢，那场面让莲不由得想起《钢铁是怎样炼成的》里保尔修铁路那段，不同的是时间长了，他们已经筋疲力尽，没有多少革命激情了，据说这第一次水利会战持续了 75 天，多少人把他们的热血热汗留在这块坚硬的冻土地上。为了赶进度，连里一位上海中专生在埋炸药炸冻土时炸瞎了双眼。别的连队还炸死了人。

"你们修这个堤坝是干什么呢？"JENNIFER 问。"那时我们哪里知道？是为了政治目的还是经济目的？"莲回答。"可能都有，大概兵团有政治任务，为了改造锻炼这些城市青年，一个冬天不能让我们闲着。另一方面，查哈阳是黑龙江西部最大的农场和灌区，需要知青劳力，为最初的水利工程打下基础。"

然而 4 月 1 日放水时，冻土垒砌的堤坝内部充满缝隙，全裂开了，值班小分队在工地上天天堵水、填洞，辛辛苦苦修起的堤坝，一到春天融冰发大水就被冲垮了。"你们做的这些都是无益的劳动？"JENNIFER 叹了口气，"白白辛苦一个冬天？有人还送了命！那些制定政策的人没有人对此负责任吗？"

"那时哪里有人会质疑什么？质疑的人还不成了反革命？大部分人还相信自己是在干革命。后来连修了三年，据说还不算白干，水利工程终于有了最初的规模。"莲和内蒙兵团的同学聚会时聊起过，黑龙江还好，有老农场的底子，而内蒙完全是在荒漠上开拓，无中生有，最后的结果是，当他们走后一切恢复原样，除了破坏了草场的原始生态。他们所在的连队如今已经变成旅游景点，重新长满高高的荒草，竖着曾经是几团几营几连的牌子，年轻人们看着一片茫然，而他们自己呢，除了唏嘘感叹，又该如何评价自己被荒废的"热血青春"？

一方面是那个年代政治运动的牺牲品，另一方面为此付出了自己最好的青春年华。这场涉及了两千万青年的大规模上山下乡运动，至今也没有个说法。莲在搜"查哈阳"这个词条时，发现在从原始社会开始的整个介绍里压根就没有提到这段历史，只有在兵团网站上读到一些知青们自己的回忆，对于漫长的大历史以及共和国的历史，他们似乎根本就不曾存在过。

"无论如何，我要把这些记下来。尽管我们当时年龄太小，涉世太浅，知道的太少，也没人拿我们当回事，可这短短一年对我也是很重要的，随着岁月流逝彰显出它的意义。而且因为和千千万万人共同的命运使我能和他们连结在一起。"

莲翻出那本自己收藏的老照片，递给JENNIFER看："这是去年聚会时奔儿头给我的，我们都走后，只剩下她一个人，我们的箱子都是她给运回来的。她后来嫁给了一个上海人。"照片上是小龙、奔儿头和莲在天坛公园，另一张上还有一个年轻男人，奔儿头说是同连队的上海人，那时似乎在和小龙谈恋爱，他们回上海探亲，专程来北京看莲，住在莲家里。"我以为这个男人娶了小龙，可奔儿头说没有，小龙不知道哪儿去了，知青聚会从没参加过，几十年来再无音讯"。

大会战期间迎来了他们在北大荒的第一个春节，连里为了鼓舞士气，举办了春节联欢会。住在他们连里的外团人员也参加了，那时兵团里还真是有不少能人，能唱的、能跳的、能说快板的、还有能拉手风琴或胡琴的。熟悉的、陌生的年轻男女们欢聚一堂，很快气氛到了高潮。其间还有"小北京"的一个节目，他一上台就结巴，红着脸从兜里掏出一把口琴，半天憋出了一句话："我给你们吹，吹个大、大海吧"。他吹的是《大海航行靠舵手》，所有人都跟着他合唱起来。

那晚上杀了一头猪，他们吃到久违的红烧肉。第二天还在场院上放了电影《地道战》和《列宁在十月》，虽然看过许多遍了，能在这里看上电影还是很高兴。附近村庄的老乡都来了，有些孩子头两天就放上板凳占上位置。

到了插秧的时节，所有人都下田去紧急插秧。水田里全是冰碴子，他们在水里泡了一个多月，腿肚子被风吹裂，直流血，小岩的小腿都冻黑了。后来大家学会像老职工那样把裤腿扎紧，还学会从他们带的小酒瓶里喝上口白干，这种叫做"北大荒"的烈性白酒据说有80度，进嗓子时就像着了火。

北大荒的初夏，田野里开满小野花，天气暖和了，地里也不那么忙了，莲又回到基建排接着盖房子。没等到她住上亲手盖的新砖房，她接到乔的一封信，父亲被允许从干校回北京探亲。现在的人大概很难体会什么叫"家书抵万金"，一开始莲还以为是"家书抵千金"，怎么也查不到，后来才发现杜甫的原文是"万金"。是的，不是千金而是万金，特别是一家人相距几千里，分别了那么久时。有个去内蒙插队的朋友说，他经常骑马二十里路到大队部去，不是去取信，而是去看看有没有自己的信。每次收到家信，激动之余，她都觉得心里像被什么东西重重搅动了一下。她要做好心理准备，才敢拆开信。

父亲在送别莲不久后就去了干校，是架着双拐去的，像妈妈一样，他从没说起过自己在那里的生活。给莲的信也只是要她好好干。董去干校看望父亲后来过一封信，她说父亲特别瘦，腿骨一直不能长好，端着小板凳在稻田里插秧。她又去老家看望母亲，乔跟她住在一起。看见乔背着小粪篓捡粪，人长高了，衣服小了，袖子只能遮住胳膊肘。董说她哭了，莲也哭了。

莲突然想回北京，去看望久别的父亲。回家的念头压倒了一切，她让乔发个电报，说父亲病重要她速回。连队不准假，规定要再过一年才能探亲。莲不顾一切，决定明天就走。准备好一个小包，偷偷放在被子下面，她不敢声张，甚至没和小龙说。第二天凌晨她们几个悄悄起身，天还没亮，大家还在睡觉，莲被子都没叠，从炕头取出她的小包时，看见小龙睁开了眼睛。她似乎没有完全醒，怔怔地望着莲，过了一会儿她坐了起来。莲忍不住抱住了她，弱小的身躯微微颤抖着，她睡觉还穿着一件棉坎肩，莲伏在她耳边轻轻说了句："我回北京去看我爸爸。别和别人说。"小龙点点头，她眼睛里突然含满泪水，用滚烫的小手抓住莲，"我走了你跟着燕秋，我已经和她说了，让她带着你。"她把自己在哈尔滨新买的一只手电揣进小龙怀里，"这个给你用。我会给你写信。"

北大荒

　　莲就像离开北京的家时一样，再也没有回头望一眼，急匆匆从宿舍出来，和三个北京来的同伴汇合了。她们踏上通往营部的小路，草丛里的露水打湿了她们的裤脚，在清晨的寒风中快步往前走，谁也不说话，头都不敢回，心咚咚地跳，生怕有人来追她们。不时能听到路过村子里的狗叫声，在黎明前的幽暗中显得格外清晰。一直走到营部，天大亮了，才确认没有人追她们。莲和同伴们告别，经过哈尔滨之行，她已经轻车熟路，搭车到团部，坐船过了江，又从拉哈到齐齐哈尔转车上了回北京的火车。和她来时充满幻想的满怀激情相比，她像逃兵一样从那个"沙场"上回到了北京，把她的十六岁留在这块黑土地上。

　　这是莲自三岁从六一保育院逃亡后的第二次逃亡。从此脱离了体制，开始了她自我寻求的一生。

沙龙

1

西雅图冬日的早晨，天仍是灰蒙蒙的，后院的巨杉树叶上落着厚厚一层霜，空气又湿又冷，有只松鼠从树枝间穿过，还停了一下，回头和莲对望了一会儿。JENNIFER 冲进莲的屋里，兴奋地大叫："我找到他了！"

莲和 JENNIFER 一起打开刚进来的邮件，这是 JENNIFER 为莲在网上用谷歌搜索的结果，她找到住在旧金山莲的老朋友穆雷的地址给他写了封信，居然收到了回信！穆雷说明天就会飞到西雅图来看她。

穆雷已经在她的生活里消失了四十年。当她在机场出口看见他提着一只小旅行箱出现时，感觉到时间的奇异力量，和强烈的恍惚。穆雷的脸没有什么变化，除了骨骼更加突出，已经有些秃顶了，他穿着一身高科技或者商业精英人士裁剪合适的西服，和同机下来的美国人没有任何两样，看得出经常在世界各地旅行。他抱住莲，那一瞬间，似乎有什么东西把这丢失的四十年连接了起来。

JENNIFER 在厨房做饭，特地安排莲和穆雷单独在一个房间里缅怀他们的往事。穆雷打开一瓶他带来的上品红酒，莲喝了一杯，却突然间尝到了四十年前那种劣质红酒留在嘴里的微涩苦味，随即响起了流水般深沉而优美的音乐。

一群年轻人聚集在莲家宽敞的客厅里。所谓宽敞，不过是因为那个时代人们都住的比较拥挤。而莲家因为父母都不在，所有的空间都对来客开放。穆雷是被另一个画家带来的。他一进屋就看见桌子上放着的几瓶葡萄烧，一种果汁（成分也很可疑）和酒精勾兑的廉价酒，度数不高，却很容易醉。女主人立刻给他倒了一杯，在浓烟滚滚中，他环顾四周，想要看清楚这屋子里的人。

除了莲，最引人注目的是一个正在喋喋不休讲话的女孩儿，她看起来比莲大几岁，又瘦又高，一头短发，精力充沛。她先警惕地向窗外看看，拉紧窗帘，然后把一张黑胶唱片放在窗台上一只看起来很旧的电唱机上，"快来听听这个，斯美唐纳的《沃尔塔瓦河》。旋律太棒了!"

人们挤在沙发里，都是十几岁的青年男女，穿着洗旧的军装或蓝咔叽布衣服，一张张兴奋得发红的脸。此刻正沉浸在那一片波涛汹涌激动人心的器乐声中，屋里难得的安静。穆雷握住几双向他抻过来的手，一一打量着这些人。

挤在沙发最边上的是一个前额特别大，下巴很窄小，瘦瘦的年轻人，被大家叫做"卡夫卡"，他唇边总是带着一丝讥讽的微笑，不知道是在嘲笑别人，还是在嘲笑自己，"欢迎画家。"

坐在宽大的窗台上的是一个脸色特别滋润，眉清目秀的小伙子，他的绰号叫"皮却林"（莱蒙托夫小说《当代英雄》里的主角）。一直在和所有人插科打诨开着玩笑，"你这个不画画的画家，还是改行写诗吧？"他转向"卡夫卡"，"你再不写我可要写了"。

诗人骡子和啸啸分别坐在长桌子另一头的木椅子上，和乔一起，从烟灰缸里捡出烟头重新卷成烟，努力吸着。他们来自同一个村子，所有人都在农村插队，也都从那里跑了回来，互相介绍，四处闲逛，乔被朋友带到他们村子里去玩儿，他们也因此成了这间客厅的常客。

一本破旧的已经卷成一卷的书在大家手里传递，穆雷接过来看了看，海明威的《永别了，武器》。来源是"卡夫卡"的邻居丁教授，北大有名的西方文学收藏者。"皮却林"干脆把快要散掉的书撕成了两半，塞给两个正在争夺的人，"行啦，省的你们抢，都有的看了。"

骡子和啸啸在交换的书是波德莱尔的《恶之花》，"皮却林"一把夺了过来，塞在莲的手里。"这不正是你要看的吗？"

莲确实一直在找这本书，她也在写诗。而波德莱尔是他们的启蒙者。就像"卡夫卡"说他看到卡夫卡就觉得有人说出了他的心里话，莲觉得波德莱尔也说出她的心里话。她已经看过《巴黎的忧郁》，而且已经写出了一批莫名其妙的诗，都在她的日记本上。

听完《沃尔塔瓦河》，那个被叫做"跳蚤"的高个子女孩儿又挥手让大家保持安静，这次她放上去的是拉赫玛尼诺夫的《C 小调第二钢琴协奏曲》，尽管屋里已经喧嚣起来，那著名的旋律，命运的重击般敲击在人们心上的钢琴声一响起来，立刻就静下来了，人们紧缩眉头，紧紧靠在一起，凝神屏息，仿佛要把这声音吸进肺腑，溶进他们的血液里。"这就是命运的声音！"跳蚤高声说道。

"完了听听贝多芬的《命运》。"莲把另一张唱片从牛皮纸封套里拿出来，放在唱机旁边的小桌上。

正是命运，把这一屋子在几天前，几个星期前，几个月前还互不相识的年轻人连接在一起。

……

莲从北大荒回到北京，背着行李从院子里走过时，无意中一回头，看到南溪的脸在窗户里一闪就不见了。

爸爸变得又黑又瘦，莲几乎认不得了。他大腿骨里的铆钉还没有取出，走路还杵着拐。但他总是说一切都好，让莲不要哭。乔长大了，变得有些陌生。他穿着爸爸的呢外套，带垫肩的，不知什么时候戴上了近视眼镜，显得一本正经，手里拿着一本《资本论》。他一直一个人住在北京的房子里，也是因为他在，他们的房子没有像其他人那样被侵占或剥夺。乔后来告诉她，他独自在北京这段日子里，开始看爸爸的马列主义理论书并在日记里写下了自己对这场运动的怀疑，那是 1970 年冬天，"一打三反"运动刚刚开始，他的笔记本丢在公园里被人发现了，并按照上面的记载找到了他所在的小学校，差点被打成反革命。幸好由于年龄太小，字迹也很难确认，没有追究下去。经过那场惊吓，他哪里也不敢去，只是一个人在家读书。

第二天一早爸爸去市场买菜，莲说要吃鱼。快到中午爸爸还没回来，莲和乔都有些急，准备去市场找他。前院豆豆家老阿姨突然冲进来，"快去，孩子们，你们的爸爸昏倒了！"两人惊慌失措地跑到市场，看见爸爸已经被人抬到路边，面色惨白，浑身冷汗，衬衫都湿透了，正在等候急救车。南溪不知道什么时候也跑来了，他们把爸爸送上车到了医院。莲感激地握住南溪的手，南溪却执拗地拿开了。

爸爸被抢救过来了，但是留下了缺血性中风后遗症，不能说话，不能行动。他转动着布满血丝呆滞的眼珠儿，嘴里喃喃着，莲贴近他的脸，听出他说的是回家。

妈妈也在收到电报后从爸爸的故乡赶回来了。村里给她开了证明，同意她在北京照顾爸爸。爸爸安了心，大家也都安了心，妈妈使出浑身解数帮爸爸恢复，她在村里用她自学的中医给老乡们治病，现在全用在爸爸身上了。莲从不知道妈妈有这么多本领，她甚至也会扎针灸，但是在听说了海淀区有个特别擅长治中风后遗症的针灸老大夫后，就让莲和乔轮流带爸爸去那里扎针。

除了堇，一家人终于团聚了，却是以爸爸的病残为代价的。爸爸再也不是原来莲心目中的那个英雄了，他成了一个衰弱的老人，从此再也不能清晰地说话，再也不能为一家人遮风挡雨，而需要他们来保护他了。

一天夜里，突然传来一阵可怕的敲门声，让莲再次陷入噩梦。胡同里的街道委员会和片警闯入家里，要妈妈离开北京。妈妈又一次拿出她的证明，那个据说从前当过妓女的街道委员会主任一脸凶恶的横肉，在莲心里成了最具体的"恶"的象征，她一把夺过那张证明撕碎了。这些曾是卑微的人一旦拥有权力，就会格外可怕。而因为他们的卑微，从来也没有受到过惩罚和清算。没有受到惩罚和清算的恶就会一直遗留在人间，以受害者的伤痛记忆的形式受到道德上的审判。

妈妈决定带着爸爸一起走，莲陪着他们去了，爸爸几十年不曾回去过的故乡，现在却是以这样病残之身回去。好在乡亲们仍然尊敬他，也因此善待妈妈。莲第一次来到爸爸的老家，看见了那些和她差不多岁数的叔伯兄弟姐妹们，感到很好奇，他们甚至长得和她很像，亲热地陪伴着她到处拜访亲友，带她到地里去刨花生，摘西瓜，晚上在场院上唱歌，家家轮流请他们吃饭，全都是包饺子，所谓的饺子不过是野菜馅里有一点肉味。

莲很高兴在这里的日子，妈妈却要她回去，不放心乔一个人在北京。按说莲也该回到北大荒去了，但她决定不回去，如果冬天爸爸回北京，她得照顾他，继续治疗。

她和乔度过一段特别压抑的日子，一方面她并没有在北京的合法居住权，另一方面他们完全不知道将来会怎么样。没有学上，没有工作，也几乎没有钱，他们只是想要保住这个家。

她开始带着乔去北京图书馆看书。这是最近刚刚开放的，只开放了一个阅览室，屋里一股灰尘的味道，但看到一排排的书架上满满的书，他们就开心起来。天变得冷了，他们穿着棉猴儿，每天在口袋里装上一只一毛钱一个的小面包，从水龙头里接点水就在这里能过上一天。

莲沿着文学书的书架挨个看，几乎一本不落。最好看的是一部拿破仑传，最后一本是西餐菜谱，不知道怎么跑到这个书架上来了。当然莲也是当文学书看的。她带了一个黑色封皮的大笔记本，还是最后一个学期爸爸为她上中学送她的。她已经好久没写过字了。她把菜谱竖立在桌子凸起的后沿儿上，仔细抄写那些看起来那么神秘和有趣的名字：迷迭香、芥末、薄荷、樱桃、白兰地、红鱼子、黑鱼子、罗宋汤（后来她在莫斯科餐厅吃到了它们）。她认真地抄写着，好像闻到和品尝到了另一个世界。乔在他的本子上抄写大段的黑格尔，他对政治经济学和哲学产生了浓厚的兴趣，啃起那些大部头来。"能看懂吗？"莲有点讥讽地问，乔轻蔑地瞟了一眼她手里的书，很不屑的样子。现在倒过来了，莲开始对吃感兴趣，乔变得深沉起来。也许是他的"小反革命嫌疑"的经历让他突然间长大成人了。

莲深深向往着那个书所象征的世界。每本书都能激起她的梦想。她开始在一些纸上胡乱写点什么。南溪不愿和他们来看书，她始终对书没兴趣，又重新养了一屋子的猫，为此蓝漪很苦恼。她被放回家后，从莲家地窖里取回她的书，现在又一次成了莲的图书馆。

　　然而书并不能解决她所面临的问题，她的世界在断裂。1971 年 9 月 13 日发生在蒙古温都尔汗的事件导致了她过去信仰的崩溃，如果说她有过什么信仰的话。写在党章里的第二号接班人一夜之间成了最大的反革命和叛国贼。当这个消息传来时她是被乔从床上给叫起来的，她睡得懵懵懂懂，很久都不能明白到底自己听到了什么，只觉得浑身冰冷。就像她听到董的校长被打死那天一样，有什么东西在她心里彻底碎裂了。这个事件对人们产生的心理震撼效应似乎比实际的政治后果还要巨大。她在日记本里写道：虽然我可能找不到那隐藏在冰山下坚硬冰冷的真理，但我永远也不会再相信那些无耻的谎言。

　　人们经常悄悄地私下里在一起讨论国家的前途，猜测高层政治的操作，但态势的发展，远远超出人们的料想。尽管自打文革以来中国完全对外界封闭，一旦变化起来却是迅雷不及掩耳的。72 年 2 月的一天，莲得到派出所和街道委员会的通知，要她去报到，她以为是要遣送滞留在北京的下乡知青，之前搞过好几次清查户口，最后一次她是在墙柜里才躲过去的。她和几个知青被带到居委会的地下室里莫名其妙地关了一天，好在她拿了本鲁迅的书打发了过去。事后才知道是因为尼克松访华，要把他们这些编外的闲散人员都控制起来。据说还有个外语教师在街上被抓走并禁闭了一天，害怕他会私自跟来访的美国人交谈。莲在地下室里碰到豆豆，他从插队的山西回来后一直没回去。"你在看什么？"豆豆抢过莲手里的书，看了眼又还给她，"你在看什么？"莲从他大衣口袋里掏出一卷手稿样的东西，封皮上写着《矛盾论》，"哇，看起这个来了？"豆豆翻开扉页，表情神秘地晃了一下，"小心！别让人看见。这是有人在传的手抄本《九级浪》。"莲早看过这本书，还遇到过作者本人。他和卡夫卡住在同一个院子里。"这本书里那个司马什么……是不是你们女生都这么奇怪？你说南溪为什么对我老是爱搭不理，忽冷忽热？"豆豆一脸迷茫，似乎这本书难得地让他陷入了对于异性心理的思考。"她对我也是爱搭不理，忽冷忽热。"莲说。

莲在这段非法居留期间的粮票都是南溪给的，可是南溪却一直和莲若即若离。两人的关系上似乎罩着一层薄冰，直到有一天南溪的同学约她们去她哥哥的运动队玩儿，南溪不愿一个人去，让莲陪她一起去。两人去了先农坛体育馆，那是北京篮球队的训练地。那个大男孩儿正在训练，浑身大汗地跑过来，对妹妹带来的两个小姑娘好奇地打量了一番，伸出了手，"我叫天启。你们是头次来吧？一会儿带你们参观参观。"他又跑回场上。南溪和莲都不禁盯着他的背影，肌肉发达的臂膀和强壮的大腿，他跑动时，腰间的运动衣随着肌肉起伏的线条。所有人都留着小平头，显得很精神，不时向她们这边瞟一眼。这些生龙活虎的身体，散发出一种混合着汗水的强烈荷尔蒙气味，弥漫在体育馆里。

她们看完训练，天启立刻来带她们四处转悠，给她们介绍各种运动器械，莲摸摸这个，玩玩儿那个，这些她们从来没见过的东西，她们又跟着天启到了他的宿舍，能进入一个运动员的私人领地，令她们很兴奋，有种神秘感，还有点得意，有这么个地方能来玩儿。"带你们去游泳吧？"天启找出游泳裤，作为一个篮球运动员，他个子不算高，很壮实，脖子粗粗的，脸上长满粉刺。"我告小点儿让你们带泳衣？都带了吧？"两人点点头。

游泳池里和两边高高的看台上一个人也没有，碧蓝的池水动荡着，似乎要涌出水池。

南溪捂着自己的胸脯，没入水中。她其实游的很好，但特别不愿意展示自己的身体，一旦进了水就不再出来。莲从小就喜欢滑冰和游泳，可是从来没学会过。她笨拙地在水里扑腾着，天启热心地纠正着她的动作。南溪像一条小人鱼从他身边游过，他一把揪住她的胳膊，"你来教她。"南溪头也不回地游远了，莲看到天启眼中失望的神情。

"他喜欢你。"和小点儿分手后，回家的路上莲对南溪说。"他喜欢你！"南溪回答。那层薄冰又横在两人之间。"我以后不去了。"南溪斩钉截铁地说。"别呀，那是你朋友。""我没有朋友。""你怎么总是这么别扭呀？""我就是这么别扭！"两个刚刚和好的好朋友不欢而散。

4月初，堇回来探亲了。自从爸爸中风后，她变得特别忧郁和情绪低沉，也很少给莲写信，除了问爸爸妈妈的情况。她去乡下看过父母并在那里住了一段时间后，又回到北京，准备回东北了。一天她的一群同学来访，莲和乔都很亢奋，跟着他们出出进进，听他们讲些各自插队或农场里的故事。

莲和其中几个女生很熟，曾和她们一起去南方串联。她们带来的一个男生晓宇认识豆豆，他家和莲家隔几条胡同，那一带唯一的深宅大院，可能就是莲和南溪扔掉大黄那个地方。因为父母都被关起来了，房子也被机关占了，只留给他们一间厢房。他姐姐是当时北京著名的文化沙龙主持人"跳蚤"，认识人特别多，能量也特别大。这一下像是触发了连锁装置，堇走后他们一个带一个开始往莲家跑，仿佛发现了新大陆。豆豆家因为老阿姨在，坚决地把这些人都给轰走了，结果他们全都来到这个更为隐蔽的后院，在那棵大柿子树的护佑下，不管外面如何腥风血雨，这里简直成了他们的避世乐园，史前洞穴和地下俱乐部。

2

　　因为窗帘永远拉得紧紧的，以防被外面人知道这里的活动，这是一段没日没夜的日子，那只长沙发上经常有人睡，有次莲从卧室出来，看见一个不认识的小伙子坐在藤椅里睡着了，一条腿耷拉在扶手上，莲把他摇醒让他回家。他揉着发红的眼睛对莲说他没有家。他的父亲被打死，母亲自杀，自己在农村插队，回北京后就在各家游荡，昨天是被骡子带来的。莲叹了口气，为他也端来一碗粥。

　　虽然每天都有新的面孔出现，莲已经知道了几个经常驻守在这里的人的故事。跳蚤和晓宇几乎从不在他们的斗室里待着，每天在各个"沙龙"里活动。由于他们的父亲曾是中宣部负责审查内部书籍的高官，母亲是大学校长，属于刘少奇"六十一个叛徒集团"成员，尽管都已经被关在监狱里，他们家仍是在这几个小圈子里流传的"黄皮书"的一个来源。跳蚤最经常来往的是一个年纪比他们大些的人群，也许那个才称得上是真正的"沙龙"，大部分人都是高级知识分子的后代，所以家里收藏颇丰，莲和她的同伴们听的唱片都来自那里。虽然父母在监狱里生死未知，跳蚤自己也被抓进去两次，但是不停地谈论着意大利歌剧、柏拉图、弗洛伊德和巴尔扎克。

　　"皮却林"和晓宇在一个村里插队，他父亲是国务院主管民主党派的部长，文革一开始就被抓起来，和跳蚤晓宇父母一样被关进秦城监狱。由于是独子，他从小养尊处优，口无遮拦，满嘴妙语连珠，得罪了不少人，但颇招女孩子喜欢。经常一副百无聊赖，玩世不恭的劲头儿，得名"皮却林"，被大家戏谑地叫做"皮巧儿林"，他真正的绰号"鬼子"反倒不大有人叫了。他家本来也是独门独院，现在只给他留了间车库栖身。

"卡夫卡"本名李洛森，父亲是新中国第一代油画家，母亲是大学英语教授。和"皮却林"同一个中学，但大他几岁，因为极其聪明，读书比所有人都多，被"皮却林"叫做"哲学家"，但做过一次以卡夫卡为主题的讲座后，就成了"卡夫卡"。他父亲像南山一样，五七年就被打成右派，并正当盛年时就早早过世了。由于他的邻居提供的西方文学书，虽然轻易不说话，他也是这里的一个中心人物。从此皮却林和卡夫卡都不再带引号，成了比他们原名更准确的标签。

认识这些新朋友使莲高度兴奋，虽然她已经看了不少书，但大部分是苏俄小说和古典名著，这些人带来的书是她闻所未闻的，由于上面印着的几个小字"内部资料"越发显得神秘和吸引人。她正处在如饥似渴的年纪，大脑高速运转，感官格外敏锐，对世界充满强烈的感觉和兴趣，虽然经常不解其意，但它们打开了一个新世界，刺激了她表达和创作的欲望。而且还能和人们讨论彼此的认识和感受，评论各自的创作，获得对于初学者极为宝贵的鼓励，这种习惯持续了几十年。世界上大概并没有很多人，在年轻时能有这样的一伙朋友，享受这样的读书和思想交流的盛宴。

一天深夜，莲已经睡下了。突然听到有人在敲她的窗玻璃，她睡眼惺忪地打开门，原来是这一伙人来找她和乔去游泳。已经夜里两点钟了，乔不愿起来，莲拿上游泳衣，坐在皮却林自行车后座上一起去了。深夜的玉渊潭美极了，只能看到朦胧的树影和墨黑的湖水，以及洒在湖面上的一抹月光。他们向湖中心游去，浑身清凉，享受着湖光夜色，当然也得小心脚下水草的纠缠。当莲上岸时，坐在湖边用一条毛巾擦干自己的头发，发现人群里有个不认识的小伙子，他个子很高，不像其他年轻人那样细瘦，肩膀宽阔，身体呈倒三角形，此时正站在岸边抽烟。莲不由地看了他几眼，当他扭过头来面对她时，她赶快把目光移开了。"给你介绍个新朋友，"皮却林嘴里叼着烟笑着说，"大诗人冰河。"怎么好像听说过这个名字？莲心里说。突然间想起那天跳蚤曾给大家念过一首长诗，作者就是冰河。这是他的笔名，因为传播作品是有危险的。冰河煞有介事地点点头，算是和莲打了招呼。莲坐到正抱着把吉他唱歌的苗苗身边，豆豆的妹妹苗苗新近也加入了他们的活动，为此南溪再不到莲家里来了。苗苗是他们中间唯一的音乐家，因为她妈妈从小把她作为音乐家来培养，为她请钢琴老师，帮她抄写乐谱，让老阿姨监督她自学作曲课程，以实现自己未能实现的音乐梦。妈妈被关起来后，钢琴也被抄走，苗苗开始自由发展，迷上了吉他，弹得有模有样，在众多小圈子里已经很有名气，经常被人请来请去。

他们在岸边的斜坡上围坐在一起，苗苗弹的是一支印尼民歌《星星索》，苗苗领唱，大家跟着合唱，唱的心醉神迷，皮却林一个猛子又跳进水中，大声招呼着冰河，于是莲看见那个陌生的身影也潜没在黑黝黝的湖水里。皮却林叫道："来个《重归苏莲托》！"冰河低声唱起来，他的声音低沉，很有共鸣，音调准确，一听是受过训练的。接着他们开始唱俄罗斯歌，忘记了时间，忘记了世界。

湖畔音乐会结束后，回家的路上，他们索性穿着游泳衣，一个载着一个坐在自行车上，苗苗挎着吉他，大家边走边唱，幸好现在街上没人，否则他们这个样子会被警察抓走。有人到家了，不断变换着搭乘组合，最后莲坐到冰河的后座上，皮却林载着苗苗，送她们回家。

到家时天都快亮了，莲进屋发现有人在客厅坐着，"这么早就来了？我还没睡觉呢。""我是来取书的。昨天就轮到我了。"又是那个无家可归的小伙子。莲皱了皱眉，"我还没看完呢。""我可以等。"他说，瘫倒在长沙发里，反正他有的是时间。莲找出那本正在热传中的苏联小说《带星星的火车票》，还剩几十页，她飞快地读着，不时用手指沾着口水翻着篇儿，在小伙子目光的注视下读完最后一页。

"我们年轻时的书就是这样读的。"穆雷笑着对 JENNIFER 说，她为他们做了一顿丰盛的墨西哥餐。

"能描述一下你们是怎么讨论看过的书的？"JENNIFER 一边用大勺子把散发着香味的浓汤盛到他们的盘子里，一边问道。"讨论？"莲愣了一下，"就是瞎聊呗。看到什么好书，受到触动，就忍不住想和人讲讲自己的感受。有很多书对我们产生了不小的影响，比如俄罗斯的托尔斯泰和陀思妥耶夫斯基，白银时代的诗人们，苏联时期的解冻文学，法国的象征主义诗歌和存在主义，美国的垮掉一代，英国的愤怒的青年等等。这些书都是在很多年里陆陆续续不断地读的。怎么讨论，我可记不得了。其实那时肯定很幼稚和肤浅，可是那是一个人开始严肃地思考人生的时期。喜欢看大部头的东西，喜欢宏大叙事，喜欢争论。大概是一个年轻人在建立自己的世界观吧？"

"我发现中国年轻人好像特别喜欢俄国和法国作家的作品，听你们提到的诗人都是俄国人和法国人，这是为什么呢？"

"这是为什么？"莲不由地重复了一句。"还真是这样。那时我不知道为什么，就是觉得读他们的书时，天然地有一种亲近的感情，好像能够理解他们，也觉得和自己有某种关系。他们的作品充满了强烈的感觉，充满激情和反抗的主题。现在想起来，可能是因为中国历史和革命的进程和俄国法国这些专制大帝国有相似之处。都有过强大统一的王权，也都经历了残酷的社会革命，和英美那样的民主制国家就离得比较远。尤其是俄国，他们的环境和我们很接近，同样经历过极权制度下的压抑和思想禁锢，比如我们看索尔仁尼琴的《伊凡·杰尼索维奇的一天》，就会想到自己的父母，也正待在和他那个集中营差不多的地方呢。"

"除了讨论我们看到的书，更多的时候我们会聚在一起讨论时局，猜测上层发生了什么重大的事情，分析未来形势的走向，国家会往哪里去，因为人们的命运就取决于这些大事件。每个人都逃不脱和政治的关系。你可以不关心政治，政治可是要关心你的。不过正是我们的沙龙，让我们暂时逃脱了无所不在的政治。"

随着 JENNIFER 的问题，莲的脑海里渐渐浮现出一幅场景：

……冰河进来时，已经有几个人坐在莲家的客厅里了。他们通常是来借书还书，一旦碰到谁就坐下来聊一会儿，内容通常围绕着他们刚看过的书。

皮却林从书包里掏出那本炙手可热的灰皮书《新阶级》，递给卡夫卡。卡夫卡点燃一根烟，认真地翻阅着。"你们看了吗？这本书？对我简直是个新大陆！真是醍醐灌顶！"皮却林激动地转向分别坐在两只相隔甚远的沙发上的诗人啸啸和冰河。

"我第一次知道了共产主义是怎么产生的，它的真正本质是什么？"皮却林两眼发亮，仿佛要穿透眼前所有的屏障，通往他刚刚发现的真理。

"怎么产生的？本质是什么？"卡夫卡问。

"德热拉斯梳理了共产党的历史，随着资本主义发展和社会主义革命进程，按说根据马克思主义建立起来的应该是无产阶级社会吧？可是当获得权力后，从这里却蜕变出来一个新的阶级。它的本质就是他成了自己的对立面，而他却不打算革自己的命。很不幸那就是我们的父母一代经历的东西。"

"我也看了这本书。"莲接着说。"对我的震动也很大。我想作者解释了我们父母为之奋斗终生的理想为什么反噬了他们。就是那句著名论断：共产主义吃掉自己的儿女。可是，革命必定导致腐败吗？"

"权力才导致腐败。"卡夫卡说。"绝对的权力导致绝对的腐败。当领导革命的阶级掌握了权力，就会发生这样的事情。"

"避免腐败的途径就是艺术。"啸啸突然阴阳怪气地接了一句："用艺术逃避政治，反抗政治。我最讨厌政治。"

他翻开他带来的一本迦罗帝的《人的远景》，在他们眼前晃了一晃："推荐你们看看这本，也是一个共产主义叛徒写的。"

"既然逃避，就逃的远点。"冰河也点着一根烟，慢条斯理地吸着，把烟灰细细地摁进烟灰缸里。他神态松懈，似乎对什么都不在意，但无论做什么事也显得非常认真。"我听说有人一边批判马克思主义，一边争当学毛选积极分子。"他嘴角浮现出一丝嘲讽的微笑。

"你们是怎么开始写现代诗的？为什么会用那样的方式写？"莲一直对他们的诗的来源非常好奇，她自己也写些对她来说不知来自何处的诗句，莫名其妙的诗句。她也经常疑惑它们的来源。她想到可能是来自她看过的书，和那些书勾起她对于生活的想象。

"这是个好问题。"冰河仍带着那种嘲讽的笑容，却不置可否，并没有回答她的问题。啸啸也不回答，虽然他一向无论何事都要和冰河一争高低，似乎这是个属于个人的秘密。

"我觉得你们是受了法国和俄国象征派诗人的影响吧。"皮却林仿佛参透了他们的秘密。"我看过那些诗人的诗，我喜欢阿赫马托娃、叶普图申科和马雅可夫斯基，你们的语言和形象是不是有点像他们？"

"这恐怕不是个该讨论的问题。不管诗人们使用什么语言，语言都是属于个人的。"卡夫卡转换了话题。他接过啸啸还给他的书《凯旋门》，答应下一个给莲看的。这本书的样子简直可以说是凄惨，封面已经残破不堪，几乎要散了架，边角都卷了起来。

"这是在吃书呀，朋友们。"皮却林心疼地说，"转了一圈就成了这样。"

"对不起，它跟我回了一趟乡下。你知道那些知青，待在村子里百无聊赖，整天偷鸡摸狗的，见到书真是如饥似渴。好不容易才回到我手里。"

"《凯旋门》特别对我的心境。可能是咱们的处境，让我觉得自己是漂泊在异乡的流浪者。我喜欢雷马克作为一个清醒理智的个人，在一个疯狂的时代，对待生活的态度——虽然他的爱充满了绝望。我印象最深的就是拉维克被卡车载往集中营时，最后一眼看到消逝在浓雾中的凯旋门。"

"没错，咱们都是生活在自己故乡的流浪者。"冰河说，"精神上的流浪者，或者说自我放逐者。"

"有人看过艾略特的《荒原》吗？"啸啸问，众人都摇摇头。"他们说冰河的《时间的废墟》写的很像《荒原》呢。"

"大概是我们的环境就像是荒原吧？旧的信念被破坏了，也还没有新的东西长出来。但也许正是这荒原提供了创造的土壤。"莲说，"我有时奇怪我那些诗是从哪里来的？现在看来也是从那荒原来的。"

"我不写诗。也不知道诗从哪儿来的。要说这一阵对我影响最大的书应该是凯鲁亚克的《在路上》。"皮却林一脸兴奋的表情，像莲一样，他很善于岔开话题。让他们的讨论不停地在各种不同的书籍上跳跃。

"没错！"大家热烈地响应皮却林。正是这本书的感召力，使得两个行动派穆雷和骡子，心血来潮之下，身无分文地跑出去看世界。他们此刻还在不知哪儿流浪呢。

"这本书特别迷人的魅力在于一气呵成，是激情和梦幻的产物。凯鲁亚克肯定是吸了毒，听说他用了一整卷几十米长的打字纸一刻不停地打下去，用了三个星期完成。"卡夫卡说。

"他倡导的生活方式影响了整个世界，影响了一代代的青年。从雷马克、海明威、费兹杰拉德，到凯鲁亚克、塞林格、金斯伯格，他们就是战后荒原上的那一代人啊。他们燃烧的是自己的生命之火。谁看了不热泪盈眶，热血沸腾？我们年轻，我们有血有肉，有梦想，我们也应该立刻出发，去寻找自己的世界。"

"我们其实正在寻找自己的路上啊。"卡夫卡很少真的出门，他的旅行就是由书籍铺在路上的精神之旅。浓雾中的凯旋门前仿佛展现出一条路，越来越清晰的路，连接到一片矗立着废墟的荒原上，连接到长满仙人掌的美国西部大平原上，连接到夕阳西下破败的河岸码头上……莲看到了走在路上的那些身影，那就是他们自己。

这个被 JENNIFER 唤起的场景和意象像莲曾在北大荒经历过的那些时刻，像没入无边无际的黑暗中似地消逝了，莲又回到眼前的现实，自从开始和 JENNIFER 的工作，她经常有这种梦幻和现实边界不清的感觉。

……

"我们去游泳那天你没在？"莲接着刚才的话题问穆雷。"没有，但之前那次，四月底还是五月初我和你们去了妙峰山玫瑰谷。"

沙龙

"啊！玫瑰谷，我记得，那时天还挺冷的呢。"

他们一伙有大约十几个人，一大早就出发了，在西直门集合，准备骑自行车去妙峰山。不知谁提议的，听说那里有一座春天开满玫瑰的山谷。每个人都兴奋异常，沉浸在青年男女们刚刚相识时彼此强烈的吸引中。莲注意到一个陌生的女孩儿，她皮肤黝黑，眼睛特别大，长得像个印度人，眉眼间有种倔强而凄楚的神情。皮却林介绍说是他小时同院的邻居，名字叫艾云，父亲是北京市的副市长，老毛直接点名批判的，文革的第一个牺牲者，此时已经死在监狱里。卡夫卡这天特地穿上他那件满是补丁的蓝制服，插队时带到乡下的，已经非常柔软舒适，就像长在身上一样。他一路上对艾云照顾有加，所有的男孩儿们都热衷于向女孩儿们献殷勤。

大家满怀热望，顶着山风，一路唱着歌，兴致勃勃地一直爬上最高的山峰，"我们看到玫瑰了吗？"莲问。"不记得。"穆雷说，"可能根本没到玫瑰开花的季节，不过好像也没人在乎。"是的，青春的活力无处发泄，骑车几十公里，又爬了一千多米高的山，竟然丝毫也不觉得累，回来路上，还有一个小伙子下到冰冷的河水里游泳，因为有女孩子们在场，大大激发了他们体内的荷尔蒙。他们肯定向山谷里眺望过，那一片灰蒙蒙的荆棘遍布的树丛，那陡峭的岩石和远处天边的云，这就是他们想要来到的地方，就是他们的梦想所在。有没有玫瑰也无所谓，玫瑰就在他们心里。玫瑰对莲来说，就像迷迭香一样，只是一个引人遐想的名词而已。

"你们年轻时有过什么梦想？"JENNIFER 用木铲把托盘里滋滋作响的烤肉娴熟地布在每个人的盘子里。这是她特别喜欢问的一个问题。

"我们谈论过自由。我的梦想是自由。"穆雷说。"你记得吗？我

114

们有次去天安门写生，看到华表上挂着瑞士的国旗，你说过希望有一天去看看外面的世界。""我说过吗？"莲不胜惊奇，"不管怎样，我现在来到了外面的世界。"她又转向 JENNIFER，"我想我当年已经没有了梦想，因为我们整个就生活在梦想里。"

<h3 style="text-align:center">3</h3>

"你在这里找到了自由？"莲问。"对，这就是我必须离开那里的原因。也是我不再回去的原因，自从我把母亲接了出来，自从她去世，我似乎更没有回去的理由了。""你在中国到底经历了什么？"JENNIFER 问。"你甚至没给我讲过你的故事，你那时好像从天而降，不知从哪儿冒出来的。就像一个原始人，尼安德特人、山顶洞人什么的。"莲说。

"好，我现在给你讲讲我的故事，一个'野蛮人'的故事。"穆雷从一个漂亮的金属盒子里掏出一根粗大的雪茄，这是他让莲带给北京朋友们的礼物。

"我家就在火车站旁边，乔来过。你从来没来过。哇，不对，你来过一次，就是我和骡子旅行回来办画展那次。"莲记起那座灰色砖楼，楼道又宽又大，黑乎乎的，由于离火车站太近，每次火车经过，都感觉到一阵强烈的仿佛要塌了似的震动。"我十五岁就被打成反革命，那时我爸爸已经自杀了，他是纺织部的副总工程师，因为从国外回来，所以是资产阶级反动学术权威加特务。我为什么这么小就成了反革命？大概是我有　次在学校集会上喊了打到老毛什么的？我也不知道是不是真的，反正我从小就不服管教，经常惹事。我爸死后，我妈妈想把我送走，到外地亲戚家，怕我惹事，结果还是惹事了。他们把我关起来，后背绑在一个小板凳上，用一根木棍

115

子打我，直到把我打昏过去，衣服被血粘在椅子上剥不下来。我醒来时躺在一个医院里，旁边病床上的是'北京站老大'，也是十五岁，把一个军队大院的小子给扎了，他们在家门口截住他扎了他的肚子，肠子都流了出来。他高烧不止，一天到晚嘴里嘟囔的就是出去怎么报仇。另一边是个老中医，抄家时被吓破了胆，发了心脏病，结果也没躲过去，被红卫兵给捉了回去。给我们看病的大夫是个好人，有名的外科专家，后来跳楼自杀了。学校的专政队时不时来看我，等我好点押解回学校继续批斗。"

"现在我明白了，你为什么要寻求自由。你是第一批来美国读书的吧？"莲脸上露出惊骇的表情，"可是你怎么学的画？你为什么会画那样的画呢？"她对 JENNIFER 解释道，"他的画跟所有人都不一样，用的颜色对比特别强烈，变形也很厉害，我们都叫他'野兽派'。"

"放出来后，我母亲害怕我再出事，让我和一个画家学画，第一次看到印象派画家的画册，深受震动，一个偶然的机会我认识了北京著名的'地下画家'，当时是极少数不按照俄式教程和方式画画的人，他教我研究色彩和构图，大胆用色和使用轮廓线，把自己受到自然震撼的感觉画出来。跟他学了一年半后就分道扬镳了。

认识你们那年春天，我干活儿的工厂让我去区文化馆画画，为筹备文革中的第一届全国美展，派给我的模特是菜市场的劳动模范，因为她是家禽组的，每天杀鸡宰鸭，我用纯红色画她的脸，用纯蓝色画她的工作服，加上纯红色斑点，表现健康的活力和工作的热情。结果他们大怒，说我歪曲丑化工人阶级，把我赶回工厂。我只好戒了用绘画为工农兵服务的念头。

认识你们以后，有天在你家画了晓宇的肖像，结果鬼使神差地把他画的极其狰狞，他很不高兴，我只好说那是自画像，没两天晓宇就被抓进了监狱，受了多年牢狱之苦，大家都说是我妨的。

后来的事你大概都知道了。乔开始和我一起画画。乔第一次失恋了。哪个姑娘不记得了，任何第一个出现的漂亮姑娘都会使我们心碎，教我们懂得什么是神圣和绝望。那次他喝醉了伏在我肩上痛哭，我不知所措，但从此使我们亲近了许多。我俩一起画画，画的方法完全南辕北辙，也很少交谈，只是各自求索，彼此觉得很舒服。我经常在他的沙发上过夜，我们还画月票出去写生，画电影票混内部电影看。有次一口气看了三个日本战争电影，那血腥的'大阵仗'看的人热血沸腾。我们的环境无聊又压抑，那时人人都在写诗，艺术给了我们一个表达的出口。

记得有一次去图书馆偷书，那时大家似乎都有这样的经历。我是个倒霉蛋，被人发现了追了出来，我翻墙逃走了，可跳下来时摔伤了胳膊，就是你们看见我吊着绷带的那次。逃跑时我第一次体会到自己有心脏。

那年夏天我们在自新路经常一起画画的朋友家办了一个画展，四个人凑出 20 多张画，我和乔各出了四五张。从严格稳重的古典派直到喧嚣的野兽派加印象派，把两间小屋子填的满满的。你在楼梯的台阶上用粉笔画了一串鸭子，一个比一个大。你还说：什么时候我们能像这些鸭子一样自由？不知道都来过什么人，后来是警察来了，72 年这可是离经叛道之举，我吓得跑到达里诺尔湖避难去了。

敲开湖心岛村的土房门，一个光头伸出来，骡子把我迎进屋里，他正在一片鸡鸣狗跳中写诗，我和他大谈形式主义和先锋艺术理论，现代文学和电影，那时的'西方'是美梦样的字眼。

他划船带我到另一个村子去找啸啸。啸啸和冰河大概是最早的现代派诗人。我们一见面啸啸就滔滔不绝地讲起斯坦尼拉夫斯基和爱森斯坦，他们家是电影界的。我一句都插不上嘴，但我突然明白了，他们的诗和电影蒙太奇的运用有关系，就是说可以这样去理解。用镜头转换来创造新的视觉系列，产生对比，以及更强烈的戏剧性。现在叫做语言的陌生化，几个毫不相干的形象和概念，比如抽象的和具象的词汇并置，加上一个精心挑选的准确的动词，就会产生完全不同的效果，大大拓展了诗歌的意境和边界。我如梦初醒，心潮澎湃，脑子里当即涌出不少诗句。我们仨在他幽暗的土房里边喝酒边念诗，最后都醉倒在他的炕上睡去，煤油灯差点把褥子点着了。第二天才摇着橹回到骡子的村子。

一天下午我给村里的两个小孩儿画像，村委会主任看了高兴，让我也画他，看了我的杰作后，他气呼呼地走了。吃了晚饭后，我给骡子讲凯鲁亚克的《在路上》，我俩都兴奋不已，在炕上大叫大跳，谁知炕轰然一声塌了。第二天一早，村主任就轰我走，那是他家的炕。回北京的火车上，一路看着窗外闪过的金灿灿的树叶，我的心为结识的新朋友，为青春的发泄和'自由'的享受而欢呼歌唱。谁能想到，日后他们都成了国际知名的诗人，中国新诗运动的代表人物。

73 年早春，我和骡子在什刹海一条街上相遇，一人吃了一个冻柿子，突然心血来潮，决定一起出去旅行，去南方寻找诗歌，那时正迷恋着《在路上》那本书和那种流浪生活，我俩一拍即合，身上没有一分钱，立刻就动身了。

我们用我画的火车票到了武汉，一路幸运地没被抓住，可没找到我的诗人朋友，用我的军挎包换了一块钱。在街上逛了两天只吃了一碗面。后来骡子用最后一毛钱洗了把脸找到一个女干部要钱，把我们送到车站收容所。一进屋吓了一大跳，都是盲流乞丐，臭气熏天，吓得我们赶紧关上房门冲了出来。那天月亮特别亮，我们沿着铁轨边走边讲故事。那好心的女人还给了我们点钱，于是大吃一顿就被送回北京，骡子家里交了 20 元钱领回，我们还在公安局礼堂里打了一下午的兵乓球。回来后我开始画门板大的油画，直接画在马粪纸上。我画了火车上的人们，挤在其中的骡子的像，茫然地望着前方。还画了车站酒馆，街上的红绿灯等。有张画叫《绿色的痉挛》，还有《酒精与我们》和《忧郁的城市》。那次旅行确实触动了我们的灵感，骡子的诗从一开始的普希金式变成惊悚的现代诗：'阳光中的向日葵，攥出血的土地……撕裂了天空，收获稻谷……日子像囚徒一样被放逐……'。那批大画放在你家，后来害怕被抄，全被乔烧掉了。"

"可惜，那些画——如今只能想像了。"JENNIFER 惋惜地摇摇头。

"你们的故事后来很出名，被称为最早的先锋艺术实验，骡子在一次诗歌纪念活动上讲了这个故事，年轻人最喜欢听的就是这段，问了好多问题，而且对你非常感兴趣，不明白你为什么就此消失了？"

"对，我消失到了另一个领域。"穆雷掐灭了雪茄，看样子他也好久不吸烟了。"78 年我上了北大化学系，到美国后改学了高能物理。我停止绘画是因为我对艺术感到失望。科学提供了新的挑战。"穆雷从此告别了艺术和中国。"世界上多了一个科学家，少了一个艺术家。"莲说。"现在看起来科学比艺术意义更大。可以造福于千百万人。""可你能设想世界上没有艺术吗？那人类生活还有什么意思呢？"JENNIFER 说。

4

被穆雷激起的回忆像一条属于所有人的大河，一圈圈的涟漪交错碰撞重叠，构成了纵向和横向的和声，她从这种共振中听到了更多的更丰富和复杂的声音。随着飞机的远去，莲又回到七十年代那段如梦似幻的日子，找回了属于她自己的记忆。

自从穆雷加入他们以后，这一阵子就聚在一起画画。穆雷带他们到他的朋友家，在陶然亭附近的自新路，这个地方之所以闻名还因为北京第一监狱坐落在这里。从阳台上可以看到监狱高高的围墙。莲经常站在那儿向四周瞭望，烟囱冒着黑烟，连成一大片的屋顶上不时有猫儿走过。屋里几个画家正在画人像模特，模特不那么好找，经常是大家互为模特。他们差不多把朋友都画遍了，今天来的是卡夫卡，他穿着一件毛领的棉大衣。画家中唯一专业的是库贝，他父亲是著名国家级画家——油画《开国大典》的作者，美术学院毕业后正待分配。"你们画时要注意质感，别把衣领子画得像鸡毛掸子。"莲意识到说的可能是她，于是她放下画板，到阳台上去了。"跳蚤来了！"

"咱们办个画展吧？"跳蚤提议。"在哪儿？""就在这儿！"穆雷朋友家只是两间小屋子，被抄家后从工程兵大院儿搬到这儿，堆满了杂物，他们就挤在这些乱七八糟的东西之间作画。这个念头一经提起，立刻引起了大家的兴趣。他们决定分头去准备。每人至少出两或三张画，多了不限。

几天之后莲再次去时，他们已经准备的差不多了。两间屋子基本腾空了，家具不知放到哪儿去了，也许堆在顶楼上。四面墙壁挂满了画，很像模像样。最醒目的位置上是一张库贝的巨幅油画，画的是几个放在桌布上的苹果和一只陶罐。这些苹果画得很结实，库贝解释他正在研究塞尚的结构。题目是《献给病中的父亲》。父亲患了癌症正在医院度过最后的日子，库贝每天晚上去陪护，白天回来睡醒觉就画这些苹果。为找到画面构图与色彩的平衡，几个月来他不断地在画布上涂涂抹抹，添砖加瓦，精雕细琢，或刮掉重画，苹果腐烂了又换上新的。一直到画展前夕，终于完成了。

除了这幅苹果，他还交了一幅《池塘荷花》，残阳映照在黄昏时分的荷塘里——正在那面被落日余晖照亮的斑驳墙壁上。

另一面墙上，是穆雷的小幅静物油画，一共十几张。虽然挂在背阴的地方，由于色彩的强烈和鲜艳，仍然非常夺目。橙黄色的柿子盛放在天蓝色的盘子里，在紫红色的阴影衬托下，光感很强。还有一张画了几个杏子，底色是粉绿色的，旁边是一只用红色轮廓线勾出的透明玻璃杯。

乔的画占据了通往里屋的那面墙。他画的是一组风景写生。细腻的古典技法描绘出一座公园码头和靠在岸边的船，以及船上的人。还有路灯照耀下的街道，大型的盆栽植物，红砖色的楼房和奔跑的汽车。

另一个房间里，是房主人画的身着欧洲少女服饰的肖像——其实可能就是他身边的女孩儿们。他这阵正在学一位罗马尼亚画家巴巴的风格，色调凝重，色块很大，笔触有力，还配上了真正的实木画框，不像其他人，都是自制的简陋画框，乔用的几乎就是些木条子。

不管怎么样，四个人风格各异，特色鲜明，用穆雷的话说：几乎定义了当时的美术空间。已经来了几个观众，莲都不认识，正在兴致勃勃地观看。穆雷问她："你的画呢？""我哪里会画？"莲虽然有时和他们一起画，却从来不好意思示人。

莲从抽屉里掏出几根粉笔，走到门口，顺着楼梯画了一串图案，穆雷说她画的是鸭子，一个比一个大，她记得还有太阳，花朵，张开双臂的女孩儿。她的意思大概是表示欢迎来访的观众。她一直画到最后一级台阶，粉笔头碰到了一个人的脚后跟。跳蚤带着一大群朋友来了。

一进屋人们就迅速淤满两个房间，叽叽喳喳开始评论。"玩个游戏吧？"跳蚤总是主意最多，她和莲一起糊了个纸盒子，让观众们投票，选出自己认为最好的一张。

展览持续了一周，不知道有多少人来参观过，最后好像是库贝的苹果得了奖。父亲不久就去世了。穆雷陪他在那幅画下坐了一个晚上。据跳蚤带来的一位美术评论家说，这是文革期间第一个民间地下画展。

穆雷从达里诺尔湖回来后，来找乔一起出去写生。莲也提着画箱和他们一起出去了。这一阵他们仨老在一起活动。他们出了胡同，沿着马路一直走到正义路小树林，画雪后的街景，这是他们特别喜欢来的地方。身后围了一群小孩子，指指点点，讨论他们画的高法宿舍一家窗口上挂着的是什么东西，有人说是拖把，有人说是衣服，他们吵吵嚷嚷，几乎要打起来，一个孩子自告奋勇跑到那家门口去看。

天很冷，几乎握不住笔了，他们收起画箱，准备到东单一家餐厅里去吃点东西，避避寒。他们身上都没有什么钱，穆雷买了一扎啤酒，越喝越冷。莲买了一大盘饺子。他们吃完后就开始画那些堆在桌子上的菜碟和酒杯，穆雷还画了收银台和柜台里的一排排酒瓶子。隔着盛酱油和醋的小瓶子，他画了那些影影绰绰来回走动的人群，甚至可以感受到饭馆里冒着食物的热气。不少人走过来看他们作画，于是他们匆匆收摊，离开了。

"今天差不多了，回家吧。"乔说。"晚上去混电影？"他们回到家里，就开始加工民族宫剧院的电影票。乔是这方面的专家，他手里有各种颜色的票根，只要选出当晚的颜色，再加上日期就行了。他们几乎一场不落地看了正在放映的所有内部电影，有穆雷说的那些年轻人最爱看的大阵仗影片：《啊海军》、《山本五十六》、《虎虎虎》、苏联片《解放》、或者悱恻缠绵的好莱坞爱情片《魂断篮桥》》、《煤气灯下》、《红菱艳》、惊悚的犯罪片《一个警察局长的自白》、《女人比男人更凶残》等，如果坐在一个座位上直到开演都没被发现，就像中了一个大彩一样。在黑暗中欣赏这些据说只有江青才能看到的外国电影，真是一种享受。虽然像是一种偷来的享受。

他们的另一种享受是去莫斯科餐厅吃饭。这是北京和莫斯科友好时留下的唯一建筑物，坐落在动物园东墙外，这个角落格外迷人，如同圆明园的废墟一样，是北京的文艺青年们特别钟情的地方。室外大树环绕，室内优雅安静。屋顶极其高大，每张桌子隔得也相当远，显示出俄国式的豪华，让人想起电影里娜塔莎和安德烈公爵的初次见面，从大厅这头走到那头就得走上好一会儿。他们三个凑够了钱，乔已经在一家工厂上班，每月有了 16 元的学徒工资。出门时叫上了苗苗，一来解解馋，二来享受一下环境。他们四处巡视找座位时，一眼看见了皮却林、卡夫卡和海兵，还有几个同伴，坐在面对庭院的窗口边。他们桌上已经烟雾缭绕，杯盘狼藉，一看就是常客。皮却林招手要他们过去。他们在旁边的桌子坐下，皮却林向他们展示了放在皮椅子上的一个大书包，原来他们刚刚去朝阳门内部书店偷了一批书。莲翻开看看，拿出一部巨型康熙字典，还有一些标着内部读物的理论书。"你可真够狠的，一点不手软？""怎么不软？肝儿都直颤。不过我运气好，还没被抓住过。"他和海兵配合默契，每次把书塞进军大衣宽大的下摆中，一个人假装去付款，另一个趁机溜出去。还从来没失手过。

"这算偷吗？"苗苗不禁问了一句。"不算！鲁迅说过，窃书不算偷！这是知识呀，应该属于全人类。"皮却林笑道。"海兵这小子更狠，有次去海军俱乐部看看有什么可偷的，没发现什么好东西，临出来时就用一把大剪子把人家的一块大地毯给从中间剪开了。""这是单纯的破坏欲，还是仇恨社会？""都有。""那是年轻时候的事儿了。"海兵自己解释说。

这时又来了一个穿白衬衣花裙子的女孩儿，手里提着一只塑料袋，她大大咧咧地坐下，依偎在海兵的肩膀上，"刚下班，买了一条鱼。"这是莲自玫瑰谷后第二次见到艾云，她已经和海兵过上小日子，每天在家做饭，海兵烧一手好菜。"嘿，你怎么把鱼放在我腿上了！"海兵叫起来。艾云从口袋里掏出一只红色玻璃丝编的小蜻蜓，放在莲手上。"我自己编的，送你吧。"莲小心翼翼地收起来。"给你们看我写的诗。"她掏出一张纸，大声念起来："大自然真美丽，想怎么地就怎么地！怎么样？"她得意地瞧瞧大家。"好诗。"卡夫卡笑着说。

"晓宇和跳蚤怎么没来？"莲问。"你不知道？他们俩全进去了。晓宇是因为端了一个当权者的窝，还被怀疑偷袭了她。那个老太太是江青亲自提拔的，正红得不得了。跳蚤也是因为攻击江，写了一首诗被告发了。现在被关在河南监狱里。""真的！？"莲大惊，晓宇的行为不知是为什么。而跳蚤的被捕会牵连到他们，因为她手里有所有人写的诗和文字。

"赶紧回去翻翻，把该处理的东西处理了。"卡夫卡说，"冰河已经被叫去问话了。好在他的那些诗他们看不懂。可他们还问到画展的事，知道得一清二楚，就连夜里去玉渊潭游过泳都知道，好像咱们所有的活动都在他们掌握中。"

这顿饭吃的心神不宁，虽然难得这么多人凑一起，本该是高兴的事。他们几个回到家，赶快翻东西。穆雷的画大多放在乔那里，突然有人来找他，说他认识的一个画家被抓了，这个人是故宫的，曾答应帮穆雷出画册，所以有一批画在他手里。两人急忙走了，穆雷说这里的事交给乔处理。

莲和乔打开地窖，取出穆雷的几张大画，放在院子里的大树下。街道主任经常在他们家附近探头探脑，数门口停着的自行车，也知道这个地窖，所以如今已经不安全。这些都是穆雷和骡子去南方时画的，回来后他们曾在穆雷家办过一次画展。这些画有很大的视觉冲击力，颜色浓重，气氛诡异，形象可怕，和官方标榜的社会主义现实背道而驰，很容易被冠上丑化社会主义的罪名。"可这都是真的呀，大部分来自他们的写生稿。都是些真的农民和工人。"莲颇感遗憾地说，想起她在大凉山见到的那些彝族人，还有长江客轮上和东北铁路线上的盲流们。乔点上了火，他们看着火苗吞没了那些画在粗糙纸基上的大画，边角正在迅速地卷成卷，化为灰烬。正在这时，冰河来了，要她找找曾给她的一些诗稿。"文字的东西千万不能留！"乔冲着他们的背影喊道。

5

春节前莲和 JENNIFER 的工作告一段落，她飞回北京。相约第二年春天再去。

125

　　她在逐渐荒落的院子里踱步，一面思索着她和 JENNIFER 的书。JENNIFER 在把整理出来的部分用英文写出来，她决定先接着写属于自己的那部分。她一直在想着 JENNIFER 的问题：在他们似乎是无忧无虑地享受着青春和友谊的沙龙期间，爸爸妈妈在哪儿？在干什么？

　　她又走进那间父母原先的卧室，搬来梯子打开柜顶上的皮箱，翻来翻去，想看看还有没有什么被她遗落的东西。她的目光落在箱子后面的一个落满灰尘的木盒子上。

　　这个黄花梨木盒子是蓝漪留下的，曾经装过她的首饰，就是被南溪砸掉的那些。她抱了下来，打开一看里面全都是些纸质文件。妈妈的日记本，第一页就是她在最后日子里写给他们的遗嘱。她曾看到过，并且记住其中的一句话：你们要勤勤恳恳地工作，踏踏实实地做人。泪水涌上她的眼眶。

　　妈妈在日记里记录了自生病以来住院和治疗用药的经过。莲想起她曾经看到过这个本子，但不愿意看下去。现在她忍痛读下去，翻页时从夹缝已经松动的本子里掉落了一张纸，她一看正是她一直在寻找的东西，这张纸上记录了妈妈在乡下的一天，她从来没有给他们讲过她独自一人在农村的生活：

　　11 月 10 日　大队干活

　　大队出白萝卜，一天 10 勾（?）

　　18 日晚开会，揹树叶

　　19 日晚，揹树叶

　　20 日晨，扫院子，上午出白菜。晚上揹菜叶。

　　22 日晚，揹树叶。

　　23 日晚，揹煤。

24 日晚，揹树叶。

25 日晨，扫院子

28 日晚，拾渣子

29 日晚，拾渣子

30 日晚，揹煤

12 月 1 日晨，扫院子，晚，拾渣子

2 日 "

5 日，开会，拾渣子

6 日晨，扫院子

7 日 在大队扫树叶一天

8 日 "

9 日晨，扫院子

14 日 下午糊窗户

12 月 5 日晚 揹煤

6 日 搓煤核

在旁边的一页纸上，写着；11 月 6 日 自己吃饭

妈妈一直使用了"揹"这个字，过去莲甚至都没见过这个字，它似乎比"背"更形象，也更沉重。妈妈还把早晨的"晨"字都写成了"辰"。她是读过大学的，怎么会出现了这么个别字？本子的最后一页上写着：新元处分：山药 359 斤，谷子 83 斤，玉米 25 斤，绿豆 1 斤，黄豆 4 斤，煤 132 斤

新元是家里给爸爸娶的第一个妻子的儿子，也是和他们三兄妹同父异母的大哥。他和他的母亲，都是被革命制造和流落在乡村的遗物。他曾来过北京一次，穿着一身黑棉袄裤，眼光木讷讷的。莲记得妈妈提到过他的母亲，出于可以理解的原因，她仇恨妈妈，在

妈妈最早定居的日子里给她找过不少麻烦。

当妈妈写下"自己吃饭"这几个字时，意味着一个人独自在陌生的，甚至充满敌意的乡间生活的开始。在村边的一间低矮破旧的小屋里，在几乎什么都没有的情况下，她是怎么吃到第一顿饭的？

莲接着翻看妈妈的日记本，有一页上只有四个字：天平死了。

莲的思绪渐渐进入了随妈妈逝去的那个世界。有天她和妈妈一起坐在客厅的沙发里绣花，收到一封来自爸爸老家的信。妈妈问道："那个天平怎么样了？"她一看妈妈的眼神就知道她的心已不在这个世界里，而回到了遥远的过去——象一部旧时的电影，渐渐失去了色彩，然而却亲切、熟悉、历历在目。她追随着妈妈的回忆，两人都不说一句话，她们的心都已经离开了这个尘土飞扬、充满噪音的大城市，来到了宁静的乡村，来到了十多年前那个八月的夜晚笼罩着的、堆满新鲜玉米的麦场。

那天莲和妈妈坐在麦场上和村里的姑娘们一起剥玉米。空气是那么清新，好象几里外的声音你都可以清清楚楚地听到。景色是那么单调，除了这个村和邻村交界处有一条小河外（夏天孩子们赤着身子在比膝盖深不了多少的水里扑来滚去），到处是一片茫茫的平原，毫无变化，一直伸展、消失在远方的地平线上。姑娘们围着莲和妈妈，她们唱着从收音机里听来的流行歌曲，咯咯地笑着，一边不停地剥着玉米棒子的嫩叶，消磨着漫长的夏夜。那时乡村里还没有电视，天一黑，年轻人们宁肯出来聚在一起干活儿。小伙子们也想加入她们的圈子，可是每次都被姑娘们赶了出去。他们在不远的一个大麦垛下开辟了另一个圈子，在黑暗中和这边互相叫嚷着，开着粗俗、不免有点儿下流的玩笑，不时有欢乐的笑声传来。妈妈脸上带着满意的笑容，她的手臂晒得黝黑，手里迅速、灵巧地动作着，一会儿功夫她身边的玉米皮就堆得小山般高了。莲在暮色中凝视着母亲，两年来的田间劳动，使她看起来就象一个真正的农妇了。带着城市留给她的那个纪念物——一头灰白的头发，她来到这里，终于逃避了人们加给她的侮辱与伤害。一年一度，这个破碎了的家庭从四面八方赶来和她团聚。在这儿生活了差不多一个月以后，他们也都不拿莲当外人了。

黑暗中一个佝偻的身影从远处走了过来，象爸爸家里其他人一样，又瘦又高，有点儿驼背，四肢僵硬，可是却有着高高的鼻梁和轮廓分明的瘦脸。他在麦垛边停下了。

"天平，过来！到这边儿来！"一个姑娘响亮的叫声吓得他哆嗦了一下。"过来呀，天平哥，我们给你说个媳妇！"姑娘们开心地笑着，闪出一个豁口，七手八脚地扯着他的袖子，把他拉进女人圈儿里。小伙子们在旁边哄笑着，渐渐围拢了过来。"说呀，天平，这回要个什么样的媳妇？"他尴尬地、茫然失措地站在中间，一个大婶拉了他一把，他几乎跌倒了，急忙躬下腰蹲在母亲身旁。"这回给你介绍个可得看清楚了，模样俊不俊不要紧，好歹得是个闺女家……"他们又开始笑了起来，一种痛苦的表情扭歪了天平那张胡子拉茬的肮脏的脸，他怔了一会儿，慢吞吞地站了起来，跌跌绊绊地走了出去。

笑声渐渐停息了，那个拉天平坐下的大婶凑到莲身边说："你知道不？他是个媳妇迷。快四十的人了，还娶不上媳妇，也不是家里穷，就是傻得不行，没人肯跟他。上回一队小队长和他闹了一回，说给他介绍个闺女，人又勤快，长相又俊，天平乐得咧着大嘴笑了半天，晚上去磨房见面了。那个小队长长富也不是个好东西，他裹着个花头巾，黑不楞冬地坐在磨盘边儿上，外边窗底下聚了一大群孩子，还有那些个坏小子、傻丫头们都来看人家的热闹。天平摸黑进了屋，规规矩矩地坐在长富对面，还有个介绍人，长富就说开了，捏着个鼻子装姑娘，要东西——多少钱啦，缎子被面啦，手表啦，衣服啦，天平全答应了下来，打了快一辈子光棍儿的人，高兴得快哭了出来。说好了下次东西全置齐了再见面，就定日子了。临出门时长富把头巾一揭，屋里屋外笑成了一团，这回天平真地哭出泪了，再也不相信谁还能给他介绍媳妇了。"

"谁说不信，我说他准信！咱们打个赌……"

"你们这些坏心眼的闺女，净欺负人家老实人！"大婶半嗔半怪地举手在一个姑娘背上打了一巴掌。

"天平是个老实人，干活比谁也不差，就是不会说话。你们家里都是这样的东西，跟你爸爸一个样。"妈妈说，她和莲一样，不喜欢他们开得这个过于残酷的玩笑。虽然说起来天平和爸爸家一点儿血统也不沾。爸爸家还有个出了名的傻叔叔，很能代表这平原地区农民自古以来憨厚的本性。每天他赶着心爱的马车下地时，人们问他知道不知道骡子有几条腿，他愤怒地瞪起眼睛："这俺咋知道？骡子一动起来，那腿谁能数得清！"在这儿，莲才明白了她的父亲，无疑是他们家族中最出类拔萃的成员，是永远也不可能适应那阴险狡诈的官场生活的。

"嫂子，那你就给天平找个吧，眼瞧着只能打一辈子光棍儿了。"大婶不无遗憾地说。

"我也没办法。"妈妈摇摇头，"你还不知道，我们家里那几个小伙子，长得多漂亮，又高大又有劲儿，可就是成分不好，还不是一样娶不上媳妇。当今年轻姑娘们眼越来越高，更别说天平了。"

莲发现家里的那几个叔伯兄弟，此时一个也不在麦场上，没有比他们更听话、脾气更随和的孩子了，可是他们总是孤孤单单的，仿佛永远和这些年轻人的欢乐无缘。每天只知道干活儿，不停地干活儿。由于他们的勤劳，他们的日子过得比谁都殷实，而且不愧是相貌堂堂的男子，莲常常为这几个兄弟感到骄傲。可是却从来没有一家向他们提亲，只是因为他们那个倒霉的富农成分。在这一切都听其天然的乡村，在这些淳朴敦厚的人们的生活中，也有这样愚蠢和不公平的事情，是她心中唯一的憾事。

莲和妈妈一起住在村边的那间小屋里。妈妈没有得到祖先留下的那些村里最高大、最结实的房子，也没有和亲戚们住在一起，是村里生产大队长的主意（那是文革一开始最混乱的时期，他被北京寄来的关于父母的材料给吓住了，一个头脑简单的乡下人，从来也没听说过那么可怕的罪行）。妈妈也无意于和他们争什么，这里的生活是那么简单，一切都取诸于天然，只要你肯干，再苦也可以过下去。一间破旧不堪、空无所有的小屋子，经过两年来的建设，已经一切都井井有条了。只是打水是件费劲儿的事，井在村子的另一头。然而这也不必发愁，天平——就是那个傻天平，倒是时不时来帮她们打水。有时他一声不吭，把缸倒满就走；有时莲听见他和妈妈在屋外的瓜藤下聊天；所谓的聊天，就是听妈妈说话，妈妈的声音就象和一个小孩子说话似的，莲想她是在给他讲故事。她说起孙悟空，圣母娘娘，七仙女，以及那些她钟爱的古代男女，天上人间互相爱慕的故事。莲常常看见天平眨着大大的、充满惊奇和恐惧的眼睛，就象你有时会从一个七岁的儿童脸上看到的。在那象这里沉睡的土地一样永恒的平静和空虚的灵魂里，第一次被激起了一种奇怪的、令人不安的东西——梦想。这就是莲在这个全村闻名的最愚钝的庄稼汉眼睛里看到的东西。突然，他仿佛从梦中惊醒似的，局促不安地站起来，低声说："婶子，你歇着吧，我走了。"

　　妈妈对天平异乎寻常地耐心。由于天平没有任何社交能力，没有一家欢迎他做客，除非是拿他取笑。看来她们家是唯一接待他的地方。每次他出现在院子门口的大枣树下时，就象个鬼魂似的，弄得莲心里一惊，他自己也很不好意思，所以每回都要带点东西来给她们。他只有一个和他相依为命的老妈妈，是这个世界上唯一爱他的人。从他那身沾满了泥土，已经辩不出颜色的裤褂上又细又密的针脚中可以看出一个老母亲的苦心。她似乎对天平的婚事早已绝望，一直过着与世隔绝、形影孤单的生活，几乎没有人能见到她。妈妈说，那是一个心地非常好的老妇人。在妈妈到这儿定居一开始最困难的岁月里，只有他们娘儿俩帮助了她。那老人让天平给妈妈送来了最用得着的东西，虽然那些东西现在看起来一点不值钱：一把铲子、一只旧桶、一点儿煤，还有吃的：乡下人自己舍不得吃的鸡蛋和自留地里种的青菜。是天平帮妈妈打扫和收拾了这间破屋子，糊了窗户，垒起了院墙,这儿的一切都有天平那双粗大得象树根一样的大手留下的痕迹。当然，天平自己是没有这个心思的，他只是一个孝子，一个从未露过面的老妇人的使者，他不怕人家闲话，人们甚至不屑于拿流言蜚语来伤害他（在自己家亲戚都没有人敢接近妈妈的时候，他泰然地做了这一切，直到人们都聚集到他亲手帮妈妈种的瓜藤下时，他才不声不响地走开了），因为在村里人们心目中，他不过是一个呆子。

　　一封电报上寥寥几个字，结束了莲和妈妈的乡村生活。最后一个晚上，她们要走的消息传遍了全村。来告别的人群一直到深夜才散。临上床时，妈妈念叨着："天平怎么没来？"莲说："天平怕见人。""那就是了，"妈妈说，"我想留点儿东西给他们，给天平他妈。

这辈子不知道有没有再见着的日子了。"她叹息着，把一只褪了色的帆布旅行包整整齐齐地放在枕头边，上面还挂着一把小锁。莲永远也不曾知道那包里装的是什么，可是她想妈妈一定把唯一象样的几件东西都放在里面了，作为对那个善良的老人的酬答。第二天一清早，莲的几个叔伯兄弟就要来给她们送行，用马车把她们和行李送到火车站去。妈妈吩咐一个小伙子，一定不要忘了把这个包交给天平。

天还没亮，妈妈就起来了。她几乎一夜没合眼。她到外间的灶上煮上水，下了自家做的挂面，然后端着一锅热气腾腾的鸡蛋面进来了，叫醒了莲。莲以后再也没有吃过这么好吃的面。突然她听到门帘外有一个声音，沙哑、犹豫，然而却是熟悉的，"婶子，妹妹起来了吧？"

莲跟在妈妈身后撩起门帘，走到院子里。清晨的空气有一股令人耳目一新的清香，天还是深蓝色的，有一颗特别明亮的星星高高挂在这些沉睡的农舍之上。天平穿着一身特别干净的白色衣褂，背着一个自织自染的花色土布包袱。他的脸格外削瘦、憔悴、双颊深陷，可是一双黑色的大眼睛里露出一种不寻常的、严肃而坚决的神情，他显然是下了什么非常大的决心，所以又显得从没有过的明朗。

他站在那果实累累的瓜藤下，一副仿佛要去远征的样子。

"你这是……？"妈妈说。

"婶子，你要走了，我娘让我来给你送行。我也要去了。"

"去哪儿？"妈妈惊慌地问道。

"去找女儿国。我要去那儿娶了媳妇，回来接我娘。"天平抬了抬那只挎着包袱的下垂的肩膀，又仰头向天空，向那几颗残存在天边的星星望了一眼。他的脸此刻充满了光辉，希望的光辉。

不知哪一天妈妈给他讲起的一个故事，大概是《西游记》，或是《聊斋》或是其他什么书里的。他却当真了。

莲和妈妈什么话都说不出来。妈妈怔了一会儿，慢慢地转过了头，看着莲。莲甚至不敢看天平的脸，她怕碰见他那双充满希望的眼睛。

"天平大哥，没有这个地方，这是个神话。"莲终于说。

他的脸逐渐暗了下来，整个发灰了。那是因为希望突然一下离开了他的眼睛，甚至连天上的星星都不再发光了。包袱从他肩上滑了下来，这时莲才注意到他赤着的脚上，穿着一双崭新的、打算走很多路的千层底的布鞋。

"真的没有女儿国？"天平无声地问道。而没有象第一次人们骗了他时那样流出眼泪，只是用他沉重的、象死去的火山灰般空洞而灼人的眼光望着她们的脸。

这时，莲的叔伯兄弟们中的一个来了，他高声叫着，扬起一根长长的鞭子，把他咯咯吱吱响着的大车赶到了院墙外面。随着他带来的新的一天黎明时分的各种声音，天上最后一颗星星也坠落到远方那些褐色的、温暖的屋顶后面去了。

天平失去了他想象中的那个女儿国，同一个早晨，莲和妈妈失去了乡村，失去了在骨肉分离的日子里给过他们庇护与慰藉的，一望无际的田野和庄稼地。天平失去了唯一的幻想，而莲将回到城市的烟尘中去，再创造诞生一个个新的幻想，为了在这漫长的人生旅途中，一个个地亲身去经历它们的幻灭。

可是，人又怎么能够不幻想呢？……

6

　　莲在西雅图给 JENNIFER 讲述妈妈的故事时，她对妈妈的人生表示了莫大的兴趣。在莲所有的讲述中，虽然有文化和政治意识形态的隔阂，她最容易懂的是妈妈的故事。大概是因为同为女人、妻子和母亲的缘故。

　　莲工作之余经常在 JENNIFER 家的各个房间里转悠，到处摆满了她和去世丈夫多年的作品，有绘画、木雕、金属雕刻、釉面陶瓷和各种材料的装置。JENNIFER 开玩笑地说他们家就是他们自己作品的博物馆。莲走到一幅不大的油画面前，她经常在这幅画面前端详很久，画面颜色鲜明，对比强烈，多种图像元素交织，充满各种隐喻和象征，以及 JENNIFER 特有的张力，像她本人一样，战斗性很强——她的作品经常是对各种重大社会议题的回应。 画面中央是一位金发碧眼的姑娘，头戴玫瑰，身穿满是玫瑰的连衣裙。她坐在一朵莲花叶上，被两只黄色的手托起，身后是穿着牛仔服的中国男孩儿和穿红色连衣裙的中国女孩儿。"这是个什么故事？"莲问站在她身边的 JENNIFER。她知道 JENNIFER 的画作里有很多她和她家族的故事。她一直试图用艺术讲述那段不为人所知的美国华人早期历史。

　　JENNIFER 让莲在她的庭院里坐下，在两只漂亮的手作瓷杯里注满咖啡，开始讲述这幅画背后的故事。 在第二次世界大战结束的 1945 年，由于和中国成为盟友解除了延续半个多世纪的排华法案，她母亲和自己的两个女儿才终于得以移民到西雅图和父亲团聚，并成为美国公民。他们居住在几乎全是白人的社区。家是一栋古老但保存完好的两层复式公寓的底层，主人是一位虔诚的寡妇和她的金发美女女儿 ROSIE。JENNIFER 家是一套两居室的公寓，有一个小厨房和客厅。厨房的一角摆放着一个老式的冰箱，母亲在那里制作了中国、意大利、犹太、日本、拉丁和美国美食，这些美食是她多元文化的朋友圈教给她的。晚上，收音机里播放着《你是我的阳光》、《金线之中的银线》和《幸运一击大游行》等歌曲，收音机里有玻璃真空管，当按下圆形小按钮换台时，绿色的灯光就会闪烁。白天，可以听到有个收垃圾的人喊："有旧垃圾吗？"女人们带着多余的家用用具从家里冲出来给这个"垃圾人"，并从他那里购买他收集起来随后出售的珍宝。"冰人"通常会带着装有冰块的冰箱同时到达。这两辆车都是由马拉的，跟着另一名马车司机，从后面收集粪便作为燃料出售，有些家庭仍然使用大腹便便的铁炉取暖。一个车库庄严地站在车道尽头，向南倾斜，就像一个等待冬天的老人。父亲把一根末端有一个大结的绳子挂在旧车库吱吱作响的椽子上，给他的孩子们荡秋千。冬天，他在通往公寓前门的陡峭车道上放了一大袋岩盐，用来融化本季的冰雪。透过前门的窗户，孩子们轮流警惕着"沙人"的出现，当他们发现他时，赶快跳上床睡觉。他们一点也不知道是父亲伪装成"沙人"在车道上撒盐。他达到了让孩子们按时上床睡觉的预期效果。"你讲的儿时生活听起来就像是童话故事。"莲听得入迷，这时正值一个"锯木头人"在把庭院里锯下来的松树枝直接用他的机器锯成碎屑装入车斗。

"我们的真实生活可不是童话。"JENNIFER 说。这时《排华法案》已经终结，然而事实上对所有亚洲人的歧视却一直持续到战争结束之后。尽管有着这样的文化，JENNIFER 的父母凭借他们的智慧、幽默、自我牺牲和人性，轻松地在各个种族中穿行。战争结束后，美国退伍军人终于回家了。渴望美国女性的爱情随着成千上万的"一夜情"而绽放。JENNIFER 家楼上的公寓里，ROSIE 和她虔诚的母亲每天早上、下午和晚上都在祈祷。花朵壁纸上有天主教的图标，并用蜡烛点亮。一本圣经放在餐桌上显眼的位置，以便经常取用。晚上，ROSIE 来到西雅图的海滨迎接水手们——过去 4 年里缺席的人。在他们回来之前，ROSIE 和她的朋友们在帕克舞厅向士兵和水手们出售舞蹈，或者因为没有男人而与其他女人跳舞。一直以来，她的母亲都以为她在参加晚间的教义问答。期待已久的男人们的归来使 ROSIE 和她的伙伴们异常兴奋。然而晚上去帕克舞厅的短途旅行也给女人们带来了爱情和心碎；尤其是 ROSIE。一次意外怀孕使这个年轻漂亮的金发女孩儿惊慌失措。她明白如果母亲知道的话，会永远与她断绝关系。一天夜里，JENNIFER 家的门被轻轻敲响了，出现了一个他们从未见过的年轻女人，戴着头巾，戴着眼镜，没有牙齿。当问她想要什么时，这位年轻女子对母亲说："是我，ROSIE！我太绝望了。我怀孕了，在这种情况下我不能回家。我妈妈会杀了我的。我来乞求你餐桌上的面包皮或剩菜剩饭。这就是我想要的。"父母邀请她进来，听了她的悲伤故事。"你住在哪里？""我还不知道。"ROSIE 回答。"你对自己做了什么，为什么？"父亲问道。"我不能让我妈妈认出我，所以我拔掉了牙齿。"她说。"这样我就可以从远处看着她，让她一切安好。"于是父母收留了她，同意她和孩子们一起住在他们的小公寓里。由于知道 ROSIE 晚上的活动，他们制定了"我们的公寓里不能有陌生男人"的基本规则。对此，ROSIE 表示同意。她特别感谢这对东方人夫妇收留了她，因为当时的文化环境要求白人和其他种族保持分离。

在 ROSIE 的孩子出生以及之后的一段时间里，她帮助母亲照顾孩子和做家务，但提出让她偶尔抽空出去玩一晚。一天晚上，他们外出回来后，在他们的床上发现了一个避孕套。于是叫来 ROSIE 对质。ROSIE 承认她违背了规则，不久后离开了，但母亲仍然是 ROSIE 的朋友，在 ROSIE 随后的三次婚姻中始终陪伴着她。她们的女儿们彼此成了儿时的朋友。父亲去世后，母亲在 ROSIE 的公寓里与她共度了最后一周。母亲去世后，JENNIFER 试图打电话通知 ROSIE 却得知 ROSIE 在同一周去世了。由于父母之间的关系，她和 ROSIE 的女儿们至今保持着友谊。

"哦，你父母真是好人！尽管有肤色和文化的隔阂，尽管他们自己受到不公平的待遇，他们一直在帮助人，用他们的手不仅托起了自己的儿女，还托起了 ROSIE 和她的儿女们。"莲感叹道，"你知道吗？莲花座在佛教里是普度众生的佛陀坐的，象征着纯洁和善良，我想就是慈悲的意思吧。"

"这幅画的名字就叫《慈悲女神》（莲心里想，应该是谁呢？坐在莲叶上给那些战场上归来士兵以慰藉的性感金发美女？还是托起莲叶的中国女性？）。我父母都是基督教徒，我最早来到美国的祖先是一个懂英语的传教士。不管他们属于什么宗教，他们都相信善良的力量。以后我会给你讲更多的故事。现在再接着给我讲讲你父母的故事吧，特别是女人们的故事。跟我来，给你看看我的新画。"

JENNIFER打开通往工作室的房门，把莲带到她的新作品前，她正在用釉彩将重叠的图像烧制在玻璃板上，需要反复烧好几次。"看，这是一个亚洲女孩儿的小脚，被玫瑰枝蔓缠绕着。背景是我在旧金山档案馆找到的家族女性旧照片。自人类早期历史以来，在大部分文化里，始终是男性主导的社会。从时尚到会议室，女人们一直在跟随男人们的曲调跳舞。旧中国传统的缠足和现代的尖头高跟鞋都正如女性为取悦男性而跳的舞蹈。

我们亚洲女性从小就被教育要隐忍和为家庭自我牺牲，但沉默并不意味着她们不存在；她们很少表达自己的感受，这不等于她们没有感受。我是我们家族女性中，唯一一个发声的。你也说过，你母亲几乎从未讲过她自己的故事，而是默默承受了一切，为什么？她的一生都经历了什么？"

坐落在黄河冲积平原上，位于河北、河南和山东交界处的大名府是一座千年古城，历史可追溯到春秋时代。由于它的地理位置，大名作为北宋的陪都和古运河的商业重镇，曾经非常富庶过，然而在十五世纪却被黄河洪水所吞噬。如今在泥沙下，这座古城池的轮廓仍然存在，在城里还有一些遗留下的古迹，包括一座建于 1918 年河北省最大的天主堂。

妈妈的家在老城中心的十字街，房子很大，摆放着很多古董家具和字画，就在天主堂的旁边，因为姥爷是县里第一所西式学校的校长，他是县里著名的文化人，同时还是一位字画俱佳颇有名望的美术教师。

妈妈和弟弟放学回家，带回各自的作业，正在一张红木桌子上写字。姥姥放下手里的刺绣，她正在紫色缎子底上绣一只五色斑斓的凤凰。对妈妈说："去烟馆把你爹找回来。"

妈妈走进十字街一串商铺之间的一座二层阁楼，轻车熟路地上了二楼，烛光下，只见几个男人正在烟雾缭绕中半睡半醒地躺着，手里举着长长的烟枪。她轻轻碰了碰一个穿长袍，面色苍白的中年人，那男人连眼睛都没抬，只是从口袋里摸索了半天，掏出一把铜钱，递给她，"就这些了。"

妈妈路过冒着香气的羊肉撒饭铺，忍住口水，又经过焊壶底的小贩，还给他姥姥欠的几个铜板，老汉攥在手里，叹了口气又放回她的小手心里。回到家里，姥姥接过钱，用衣襟擦着眼泪。不知道什么时候，姥爷吸上了鸦片，一家人的日子一落千丈。姥姥为了补贴家用，不得不日夜给人做活，为人绣嫁妆。她的女红就和她当初的容貌一样出众，可是这个当年人人羡慕的男人，现在连自己儿女的学费都付不了。家里的房子和财产逐渐卖掉，他也丢掉了学校的差事，每日只在烟馆里腾云驾雾，浑浑噩噩度日。对他来说，从前的辉煌，现在的窘迫都如梦如烟，并不能困扰他，一切都不过是在梦中。

可对姥姥和妈妈，生活可不是一场梦。他们得挣钱买吃的，用的，还得付两个孩子的学费。妈妈开始自己挣自己的费用。她是个聪明的孩子，门门功课全优，在学校里她给同桌富人家的女儿做课外补习，有时还代写作业，用同桌付给她的钱交自己的学费。慢慢地其他同学也来找她。甚至老师不在时还让她帮着代课。

回到家里，她得帮姥姥绣花，帮着带弟弟。大概是来自父亲的美术天赋和母亲的家传，她绣的也有模有样。最早时姥爷还给姥姥出画样，后来妈妈就自己设计，她这个习惯保持了终生。在乡下时，她给莲和堇绣了许多枕头和桌布，作为她们将来的嫁妆。

一盏昏黄的油灯下，姥爷躺在炕上，已经奄奄一息。他最后睁开混浊的眼珠，抓住妈妈的小手，从喉咙里发出呼呼噜噜的声音，"我记住了。"妈妈点点头，她知道姥爷说的是要她一定上大名女师——河北省最好的女校。一股悔恨的清泪留在姥爷布满斑点憔悴的脸上。

妈妈和姥姥度过数不清的艰难日子，直到她如愿上了女师。莲看见过妈妈留着短发，穿着白衣黑裙的照片，微笑着和同学们站在一座漂亮的西式楼房前。可姥姥却熬瞎了眼睛。

妈妈毕业后，在几十公里外姥姥的家乡成安开始了她的教学生涯。就在这年，抗战的枪声打响了，由于县长组织了抗日义勇军，杀死了几百名日军——这是卢沟桥事变后实力悬殊的中国军民的第一次胜利，被激怒的日军指挥官带领着上千名炮兵前来报复，用重炮轰破了城门，她们的家乡遭遇了大屠杀。妈妈和家里的女性亲戚们都用煤灰涂黑了自己的脸，躲在仓库、地窖和水缸里。惊恐万状的人们弃家出逃，涌向十字街上的天主堂，法国神父和县红十字会长打着白旗，恳求日军不要加害这些无辜百姓们。

日军指挥官夺下旗子，踩在脚下，怒吼道：什么国际慈善，我们只信仰大日本天皇！于是天主堂成了杀人场，男人们被拉出用机枪扫射，女人和孩子们四处奔逃，也纷纷倒在血泊里。几千名男女老少在这场屠杀中殒命。

幸免于难的妈妈满腔怒火，悲愤交加，和同学们参与组织了妇女救助会，担任了第一任会长。就在她日夜奔忙全身心投入工作时，姥姥来找她，要她回家去结婚。她托人说媒找到一个邻县富有的乡绅，家境殷实，方圆几百里闻名。妈妈绝不肯回去，她是受过教育的人，哪里能接受这样的婚姻？可姥姥有她的杀手锏，她拿出一把刀，说如果妈妈不答应她就死在女儿眼前。她为这两个孩子受了太多的苦。经过几天几夜的缠斗，妈妈屈服了。

妈妈在这个不情愿的婚姻中并不愉快，并且由此深深怨恨用死来要挟她的姥姥。生下一个男孩儿后，她就离了婚，把孩子托付给一个好人家，回到自己的家乡去教书。直到遇到来县里组织八路军办事处的父亲。

莲终于懂得了妈妈，懂得了她和姥姥之间持续终生的恩怨。也明白了妈妈为什么变成了"地主婆"。这个不堪回首的婚姻还留下了一个埋藏多年的秘密，那就是莲同母异父的另一个大哥。

在妈妈重新组织的这个幸福家庭里，从来不知道还有这样一个大哥存在。姥姥临死前两年回到老家，为了埋在故乡的家族墓地里。妈妈去了老家，但她在姥姥咽气前就离开了，去附近一座城市里看望了她被别人抚养大的儿子。莲为这事很久不能原谅妈妈，也为这个突然出现的大哥感到深深的迷惑。他只来过北京一次，和他们在楼下合了一张影。

妈妈去世前，曾经留下一句话：我的事不要告诉他。她说的是大哥。这是为什么？到现在莲也不能理解。她从盒子里的信件里发现了一封大哥的来信。他责怪三兄妹为什么不把妈妈生病和去世的消息告诉他？以至于他为不能侍奉母亲而抱憾终身。

莲拿出一幅垫在箱底妈妈的刺绣，天青色绸布上一束盛开的雏菊，上面飞舞着一只蝴蝶，贴在自己的脸颊上，冷冰冰的，却仿佛残留着母亲的一丝气息。她从来没回过妈妈的家乡，董回去过，她告诉莲，当她站在妈妈儿时住过的那间屋子的青砖地上时，眼泪一下子就涌了出来。在那一瞬间，她感到了那种深藏在血液里被称为"血统"的隐秘而强烈的联系。莲合上这个装着妈妈多年秘密的木盒子，似乎也是一道她多年不敢碰触的伤疤，把它放回原处。

7

莲收到 JENNIFER 的邮件，说她又有了一个新的想法，她想要到中国来采访一些经历过战争或文革的女性，记录她们本人和家庭的故事，作为她下一步艺术创作的素材。认识莲之后，那个遥远陌生的中国仿佛突然对她打开了大门，她意识到这里曾经是她家族的根，虽然已经难寻踪迹，仍有什么东西把她和那块土地连接在一起，她希望听到生长在那块土地上的人们的故事。"你第一次回中国，是什么感觉？"莲不由地问她，"在西雅图的艺术圈里，我这张中国脸是很特殊的，因为那时基本上是白人的世界。第一次到中国，走在大街上，看到无数张和我一样的脸，我被淹没在其中，真的震惊极了。我才知道我对这里一无所知，我才真想要知道我究竟来自哪里？中国到底是什么？中国人在怎样生活？"

莲为她拟好一个采访表，仔细考虑了几个人选，并征得她们的同意，讲述自己的故事。为了保护所写的人，在不损害真实性的情况下，像这部书里其他一些地方一样，有意对其中部分信息做了模糊化和错位处理。

JENNIFER 最感兴趣的还是他们年轻时的沙龙。她说由于排华法案，在学校里颇受欢迎的她，到了约会的年龄，由于祖辈是传教士而没有住在华人社区，突然发现自己竟然没有人可以约会。在她的成长中最深切的感受是孤独，而不是自由，在人们认为世界上最自由的国度美国。而莲和她的朋友们却享受到她难以想象的自由，在那个被认为是完全没有个人自由的国家里。莲解释说可能是因为那时他们正好生活在一个特殊的政治环境造成的空隙中。

莲邀请唯一还在北京的卡夫卡来到她的小院子，当年的人们早已经天涯海角，各奔东西，只有他和莲始终坚守着这座心灵的孤岛。

"接着给我讲讲你们沙龙的故事，莲说你的记性最好。你们这么多年轻人聚在一起，不谈恋爱吗？"

"年轻人们在一起，除了读书，主要的活动就是谈恋爱。或者说主要的动力来自这个，艺术创作是副产品。"莲说，"至少对我是这样。"

"诗大概是爱情的产物，至少是失恋的产物。我们的精神文化启蒙和性的觉醒，爱情的萌动是同时发生的。那时我们都会写些不着四六的诗样文字，日记写的也只是些情绪，所以过后自己也看不懂了。我一直以为卡夫卡的书是为我这种人写的，后来才知道我就是他书里写的那种人。可能因为小时候体弱多病，也因为父亲在 57 年成为右派，我一直不合群，不能融入任何集体，永远觉得自己是个异乡人，和世界格格不入。无论在什么时代，也许都是如此，就是说和世界有一种"存在主义"的关系。不像莲，要是没有文革，她也许会成为另一种人，会有另一种完全不同的人生。而我却觉得文革在某种程度上解放了我。

这个沙龙的存在，对我意义重大。它让我不再感觉孤单。如果要说到底有什么意义，可能是让我们在大时代的混乱与颠覆中完成了自我教育。人一生的命运其实是年轻时的选择决定的。我是在 1971 年认识的鬼子，就是"皮却林"。莲说其实他还不如我像皮却林，大概是指对待世界的疏离态度。他后来是个成功的商人和时代的'弄潮儿'。我认识艾云也是因为他，咱们去'玫瑰谷'是我第二次见她。艾云选中了我做她的男朋友，当时我们几个都在追她，但感觉像捏了把汗，因为她的身世不一般，已经经历了太多的苦难。她是孤儿，母亲文革一开始就病死了，父亲死在监狱里以后，她又重新变成孤儿。她对父母感情很深，小时候带着弟弟，敢动手回击欺负他们的孩子，造反派打她父亲时，她也敢上手拦住他们。她勇敢，单纯，爱起来不顾一切，她确实太需要爱了，但这爱让我们觉得背负了很沉重的负担。

她先是喜欢皮却林，可是他拒绝了她。当天夜里，她就摘下灯泡，想要触电自杀，好在没出大事，事后她对我说了句'电是甜的'。这事把皮却林吓得不轻，嘱咐我千万小心对待她。可我们年轻时顾

144

不了这么多，总是按照自己的愿望行事，自我中心，认为都是环境和别人的错，她要我时时刻刻关注她，这我也做不到。于是没多久就老是吵架，她也很奇怪，一方面完全不按照社会规则生活，经常不去上班，另一方面还很在乎社会的看法。她姨妈说她和我不合适，说我'不想将来'，不求上进。我们大吵了一次后就分手了。

可是过了几天，我上班的路上，那时我插队回来被分配到一个工厂，她也在另一个工厂上班。看见她骑着自行车，靠在路边一颗树上，看见我什么话都没说，默默地陪我骑了一路，然后就自己走了。

过了一阵，她就和我的另一个朋友好了，我也很庆幸有比我好的人照顾她。可是有一天，突然听到她吃安眠药自杀的消息。原来是那个朋友的父母不接受他们的事，一方面是她父母的罪名太大，人尽皆知，另一方面是他们害怕这个疯疯癫癫的姑娘进入儿子的生活，毁掉他的前程。我扶住她在床上坐了起来，她很乖地喝了水，答应不再做傻事。我说你要是再想这么干我陪着你一块死。

她一脸认真的表情，她说：我答应你，你也要答应我。永远也别抛弃我。可是没过多久，她又和我另一个朋友好上了。就是去玫瑰谷那天下水游泳的海兵。他是个好汉，应该活在《水浒》的时代，他比我们所有人都要更好一些。他完全不顾父母的反对，那时他父亲在海军担任要职，为此把他轰出了家门。他索性搬到艾云家和她和弟弟一起住。那时未婚同居是不被社会接受的，尤其是艾云的身世让她格外受人注意。不但机关出面干预，警察也经常来光顾，有次海兵和他们打了起来，被警察带走，把艾云关进精神病院。现在的讲述中，经常把艾云说成是受到文革迫害的牺牲者，其实每个她遇到的人都在她的遭遇里扮演了一个不自觉的角色。包括我自己，我一直参与着他们的生活，一方面是她经常来问我她该怎么办，另一方面要替海兵这个不管不顾的家伙收拾残局，因此这些来自各方格外的关注使得事情更加复杂，相互作用，也可以说是被'政治化'了。

海兵经常有些梁山泊好汉式的豪杰行为，那年春节医院不让艾云回家，结果他就把艾云从医院里给'偷'了回来。这些行动使得他们和社会之间的关系更加激化，也使得艾云的情况每况愈下。她的习惯性自杀在毛泽东逝世后的第三天终于成功了，这次喝的是敌敌畏。那年她22岁。

这就是我们很多人初恋的结果。以后的许多年里海兵一直背着艾云的材料到处上告，自然是无人受理。我们所有人的初恋都没有成功。在严酷的环境里，我们彼此需要，很容易爱上，同样也很容易分手，感情如此脆弱，如此频频受挫，也许都建立在不切实际的期待上。年轻时我们既不懂别人，也不懂自己。"

"那南溪呢？她到底是为什么死的？"莲突然插了一句。尽管莲已经和卡夫卡讨论过若干次，却总也不能释怀，留在她心底的疑问。

"你知道豆豆喜欢南溪，皮却林也喜欢她。我还从来没见过他如此喜欢一个女孩儿。他来的容易，也不知道珍惜。但他真是一直把南溪放在心上，多少年来念念不忘，从他见到南溪第一眼。"

莲想起那"第一眼"。当他们年少时，都有过"电光火石"般的第一眼。南溪自从莲有了这些新朋友，就变得别别扭扭的，一会儿高兴，一会儿不高兴，喜怒无常，让莲完全摸不着头脑。她仍像小时候一样，什么事都想和南溪分享。可南溪在这些人中间很不自在，特别是苗苗加入后。她一反常态，开始和豆豆去滑冰。豆豆整天和一帮军队干部子弟一起，好勇斗狠，打打杀杀的，对后院的"诗人画家们"和他们的文艺活动自然不屑一顾。

18 岁时的南溪达到她生命中的高光时刻。她越长越漂亮了，皮肤细腻无暇，五官精致而脆弱，像一个一碰就碎的瓷娃娃，西单照相馆的橱窗里摆着一张她的大照片。身材也比莲更早开始发育。小时候南溪嫌自己腿不够长，坐在台阶上，让莲帮她抻腿。现在她果然长成了长腿美女，她的小瓜子脸上有种卡夫卡最喜欢的哀怨的表情，楚楚动人。她对自己的美貌完全不自觉，所以更加惹人怜爱。

那天莲和南溪在街上骑着自行车闲逛，回家时路过皮却林家的院子，说带她进去歇一歇，喝口水。当时南溪穿着一件樱桃红色底子小碎花的衬衫，她的脸也因为热而涨得通红，莲穿着一件灰色法蓝绒外衣，两人脚上都是黑色搭袢布鞋。她们一走进那间院门口车库改造的屋子，就像掉进一个地洞，眼前一片黑乎乎的，却又亮晃晃的。屋里的上下铺床上和椅子上，连躺带坐挤满了人，都是些不足二十岁，面色颓唐，百无聊赖的小伙子。皮却林两眼放光，立刻从床上站起来，并让其他人起来给她们腾地方。"哪儿来这么漂亮的小姑娘？"

南溪惊慌失措，转头望着莲。"没关系，我们待一会就走。"莲从书包里掏出要还的书，并认真地在书架上挑起其他的书来。

穆雷和冰河也在场。冰河目不转睛地盯着南溪看了会儿，拿起桌子上的一块画板，"可以给你画张像吗？""改日吧。"莲回答，"你们这是干嘛呢？怪吓人的。"

"聚会呀，讨论国家大事，当然还有少儿不宜。正打算去砂锅居吃饭呢，刚凑够了钱，要不要一起去？"皮却林满脸微笑地看着南溪。他的眼睛里像有股火焰在燃烧。

"咱们走吧。"南溪脸上的红晕始终没有消退，一直红到脖子，她求救般地拉住莲的袖子。莲相信她们的出现和消失，就像是一道闪电在这间黑黝黝的小屋子穿过。因为当她们又重新站在阳光明媚的大街上时，也有这种感觉。

从此皮却林像着了魔一样，愈加频繁地来到莲的小院子。他知道南溪就在隔壁，却很少有机会见到她。豆豆知道了皮却林的来意，大为愤怒，让乔转告皮却林，要他当心点。莲听说后来豆豆还要和皮却林决斗，约好了在正义路的小松林里等他，结果皮却林当然没去。有好多事莲当时并不十分知情，因为她正沉浸在自己的生活里，即写诗画画与恋爱中。连海兵曾在她家给艾云私自打过胎的事都不知道，乔安排他们干的，幸好没出什么事。

再后来，南溪就搬走了。因为南山终于从北大荒农场回来了，那时他们的邻居们陆陆续续都搬走了，豆豆家最先搬走的。莲去新居看南溪，她竟然不肯见她。她始终不明白是为什么，一直到几年后南溪死也没见到她。

"到底她是自杀还是病死的？"莲问卡夫卡。"从没有人告诉我到底发生了什么。"

"其实我也不知道具体情况，南溪大概爱上了冰河，因为你们正在谈恋爱，所以我也没告诉你。我正为艾云的事忙得焦头烂额。"

作为叙事的主人公，居然有她不了解的事，她感觉很迷惘。尽管她似乎掌握着叙事的权力，自己却并不是所有人群和事件的中心。这也是她决定让出叙事权力的原因。她相信更多的人讲出属于他们自己的故事，汇入那条被叫做"历史"的大河，才能使那些消逝已久的图画逐渐变得清晰。南溪的死是她心中永远的痛。她从蓝漪那儿得知南溪后来得了白血病，好像还得了抑郁症（那时人们还没有这个概念），但她的突然去世仍是一个谜。

她最后一次去看南溪时，先到她独自住的小屋，隔着窗玻璃往里看，好几次南溪都不肯见她，这次她想先斩后奏，出其不意地闯进去。但是她没看到南溪，只看到墙角一面对着卧床和屏风的镜子，床边的茶几上，还放着那只会像海风般呼啸的白色大海螺，无论南溪到哪里，都带着这只海螺。窗前的小桌上摆着一幅镶在镜框里的画像——南溪的画像。她一看就确定是冰河画的，冰河画一笔好素描。当然也可能是穆雷画的，也可能是别人画的。但她不知为什么立刻就确定是冰河画的。

冰河是她第一个众所周知的男朋友，虽然最后也分手了，他们之间精神上的缠斗，分分合合纠结了好几年，足够写另一本书了。莲从小一直是人们目光的中心，至少她自己这样认为，她简直无法容忍事实不是这样，她曾经感到愤怒和屈辱，觉得人们背叛了她。包括南溪的美貌和人们对她的关注。这难道是她内心深处和南溪决裂真正的原因吗？

就在她转身要离开时，她发现镜子里出现了一个人影。隔着沾满灰尘和雨渍的玻璃并不十分清晰，但她知道那是南溪。已经很长时间没有任何人见到过她了。镜子里的人穿着宽大的睡衣，显得有点臃肿，她的脸被长发遮住了一半。莲已经不认识她，只是从她那双大眼睛辨认出她特有的神情。莲急忙敲了几下玻璃，于是那个人影不见了，躲到屏风后面去了。

南溪死时她不在北京，大概是和当时的男朋友去南方旅行并因为地震滞留了好一段之间。等她回来，蓝漪和南山已经从这个伤心之地搬走了，再也没有见过他们。后来他们移居国外，投奔南山唯一的兄弟去了。南溪死时 24 岁。这些只活了 20 多岁的人们，虽然他们在生命展开之前就逝去了，却永远占有了青春。

"也许我要告诉你的事情也不能解释南溪的死因。人们总想解释所有的事情，想在事物之间找到或者重建因果联系，为了让我们能理解这个难以理解的生活。我们读书、思考、写作，不都是为了这个吗？"

"我们都喜欢过南溪，你不在北京的那段时间里，她经常和我们一起玩儿。我猜想南溪对冰河表示过好感。你知道南溪是个非常害羞，让人捉摸不透的女孩儿。他真是我们中间的幸运儿，横纲级的人物。因为他即能写诗又会画画，还会唱歌，女孩儿们都喜欢那些最善于表达自己的人。那时候才华和知识是判断一个人价值的标准，就和现在的人们用钱和物质财富来判断和表达感情一样。"

"有次在你家给南溪画过一次像，她好不容易才答应了，乔认识的美术学院的学生们都来了——穿的还是那件樱桃红色底子小碎花的衬衫。后来不知道为什么，南溪就再也不来了，永远消失了……她也是那种我想陪着一起死的人。"卡夫卡笑了，他没有看莲，接着说："南溪死时大概还是个处女，据我所知，无论是豆豆还是皮却林，都没有得到过她的第一次。"南溪用拒绝的态度完成了她和世界建立起来的关系，她拒绝了所有的一切，拒绝友谊和爱情，拒绝成长，拒绝让人们讲述她的故事，拒绝给他们一个能够被理解的结局。她不想和这个突飞猛进的世界，和那些贪恋人间美味的人们再有什么瓜葛，只是自己静悄悄地枯萎了，像她窗台上的那盆晒不到太阳的茉莉花一样。

和声

1

莲带着 JENNIFER 走进三环路边一座院子里一栋普通的居民楼，第一个采访对象是她的朋友悦悦，她父亲是著名的电影导演和编剧，她自己也是导演，现在刚拍完片闲赋在家。

莲从来没来过她独居多年的这个家，一进屋就发现墙上挂着几幅大油画，她父亲的和她自己的肖像。作者是和苗苗合作唱歌剧的丹丹，也是莲的朋友。

由于她父亲是文革中惨死的著名艺术家，在悦悦讲述自己的故事时，莲一直小心翼翼地不知怎么提起她父亲的死，这也是文革中发生在电影界的著名事件，她父亲其实应该算是革命艺术家，作为红小鬼长大的。他从北京的美国教会中学去了抗日根据地，又从那里奔赴延安。同样身为文化干部的母亲出身于和共产党有密切联系的大地主家庭，14 岁就参加革命。他们真正是"被革命吃掉的儿女"。莲小时候看过悦悦父亲的好几部电影，都是他编剧和导演的，是她们那个年代很多人的共同记忆。即使这样的红色背景也没能救他。他被电影厂造反派毒打几个小时后身亡，还被诬陷是自杀。平反大会上宣布对于最主要打手的惩罚竟然是撤销他向上浮动的一级工资。当然，后来这些造反派们也都毫无例外地挨了整，被打成莫须有的"五一六"分子。这场运动的最大特色就是谁都没能逃脱命运的轮回。

悦悦性格豪爽，快人快语，也很善谈，但她更多谈到的是自己的快乐童年，父亲拥有非常丰富的藏书，而且经常出国，每次都给她带回国外的玩具，童年的她是受宠的，无论精神还是物质方面，她的生活都是优于一般人的。记忆最深刻的是她五岁时父亲去西藏出差给她带回来的英国糖，她至今还保留着那个铁盒子，做为针线盒在使用，盒子底下印着谁都看不懂的印度文。

悦悦一边讲一边站起来给她们看屋子里到处摆放着的小物件，它们都是她童年生活的遗迹，都被仔细地保存着：像个小人儿似地仰靠在沙发里穿连衣裙的巨型洋娃娃，玻璃壁橱里的捷克木偶，柄上镶花的维吾尔小刀，还有雪花飘飞的水晶镇纸。卧室墙上居然还有一幅圣母像，"你是基督徒？"JENNIFER 惊讶地问。"不是，我只是觉得这幅画画的好看。"

她在讲解这些物品时，都是以"这是离开爸爸家之前的"，"这是到天津妈妈家之后的"来作为分界的。"这个娃娃是我最喜欢的，是个会唱歌的娃娃，妈妈还经常给娃娃做新衣服。当初离开爸爸去天津找妈妈时，我什么都不懂，只穿了一条裙子就走了，后来我问后妈要这个娃娃，她不给，说我要抢东西，还告状到当时的文化部长那儿去呢，不过我最后总算是要回了她。"她一边说一边摆弄着娃娃的金黄色卷发和可以活动的四肢。

莲一直以为父亲的死是她一生中最大的痛，此时突然意识到 7 岁时父母的离异才是改变了她人生最重大的事件。她还为父亲留下的 5000 多册藏书和继母打过官司。家的分裂也造成了她的生活和世界的分裂，莲暗想，也许也是她终生未婚的原因之一？

悦悦和莲同岁。她去的是离莲的连队不远的国营老农场。在讲到北大荒的经历时，似乎快乐的感觉超过了受苦的感觉。年轻人总是本能地去寻找快乐，现在讲起来充满各种趣事，尤其是谈恋爱的时候。尽管身处如此畸形和绝望的境地，但到了岁数谁也不能阻挡这种本能的力量。所有的苦难似乎都被化解在笑声中了。她们的交谈不时被她引发的笑声打断，这笑声也让莲感到意外。

"我在北大荒待了九年。一开始做酒。用小麦和当地一种草籽混在一起发酵，75 度的高度白酒。"她们都惊住了，"这是你喜欢喝酒的原因吗？"莲问，大家都笑了。"我还在宿舍里烧过炕，锯过木头，喂过猪。烧炕不是件容易事，因为要挑水，大冬天从一个高高的井台上担着大木桶往下走，有一次我摔了下去，摔坏了胳膊。还有夏天割小麦，莲也干过这个活吧？从雨地里捞小麦，用的是短镰刀，要弯腰从根上割，一个人两千米，一眼望不到头。早上三点钟起床，那时太阳快要升起来了。什么时候干完什么时候收工，经常是晚上九点才能回去，我算是割得快的。"她很骄傲地说。"不过冬天就清闲多了，我们经常是三点就下工，五点就上床睡觉了。"大家又都笑起来。

"你没想逃跑吗？"JENNIFER 问。"没想过。逃跑的人要是被捉住了，要挨打的。我们那里靠近五大连池，一共有十三个劳改农场，很多文化界名人都在这些农场里。我们连的知青不知怎么全都是女生。""你们那时谈恋爱吗？"JENNIFER 说她想做个文化比较，因为那个时代正值美国的青年文化运动，反战和性解放，为了反对战争而做爱。"我们那儿可不行，有个上海知青和我特好，她怀孕了，两个人都挂着牌子，被拉上大卡车去批斗。其实不过就是正常的谈恋爱。有一个连全是男生，没地方约会，他们就偷偷跑到放箱子的黑屋子里，或者在麦垛被掏出的洞里见面。""那是个什么样的地方？"JENNIFER 问。"就是堆起来冬天烧火用的麦秸，巨大无比。每天都从中掏出一些来烧火，所以洞越来越大，但外面又被遮住了。里面还有暗道呢，谁能想到他们在里面做了一个爱巢？我们这些年纪小的就拿着个手电筒去照他们。那时候娱乐活动少嘛。后来很多人都离开了，炕上空地多了，真有男孩儿来就住在我们的大炕上，我们就假装不知道。可是我想我绝不能谈恋爱，那样我就回不了北京了。也有人就留在那里了，多年以后看见她们，皮肤黑黑的，抱着孩子，完全成了农妇。文革和上山下乡完全改变了我们一生的生活。"

"当我 1978 年离开时，我是在父亲平反后电影厂落实政策给调回来的。我在那里度过我一生中应该是最美好的九年，我当时很奇怪，走的时候自己怎么这么平静，什么感觉都没有呢。"

JENNIFER 最后问到她是在什么情况下听到父亲死的消息，莲本来很担心这会触痛她的伤疤，结果还好，因为她当时在天津母亲处，并没有在场。她后来看到案情报告，父亲的主要罪名就是和一群文化人聚集在他当时的家里谈论江青的事情。案件牵扯了很多人，坐监狱的，甚至被整死的都有。

回到北京后，她是住在招待所里的，因为已经没有了自己的家。当年被抄家后她曾在院子里锅炉房旁边捡回了一只自家的德国铸铁炉子，有带花纹的瓷砖镶嵌，至今还摆在她的门厅里。

"如果你的青年时代能用一些画面来描绘，留在你心中最深的印象是什么？"悦悦想了想，"趴在地上对着炕洞吹火，非常吃力，流着眼泪，伴随着我的音乐是《老黑奴》的歌，满山满野的白色野花，还有采了半桶的蘑菇。爸爸穿着黑呢子大衣，抱着我的洋娃娃走过来……有点奇怪吧，这就是我一想起北大荒，在我记忆中出现的形象"。

2

莲和 JENNIFER 急匆匆赶回宾馆，因为约好的下一个采访对象德方马上就要到了。

宾馆就在离莲家小院子不远的地方，从窗户里可以看到外面的大街，南侧是一座医院在旧址上翻修的大楼，是莲和莘出生的医院。正前方面对着国家大剧院巨大的椭圆形圆顶，在雨后的太阳下熠熠发光。

德方带着一个胖胖的方脸庞的女人一起来了。莲和德方并不熟，可以说是第一次见面，但她们早就通过不同朋友渠道听说过彼此，所以对这次会面充满期待和好奇。

德方一进屋就拿起一个包进了浴室，等她出来时，换上了一身紫色袈裟，原来她已经正式出家，在郊区一座寺院里修行。德方过去也曾是一位美女，现在非常消瘦，头发已经剃光，面色晦暗，牙齿没剩下几个，一张嘴，尤其是微笑时就呈现出一副极为天真的表情。

"我换上袈裟是因为我觉得这样才符合我现在的身份。"她解释道，郑重地在沙发里坐下。

她用轻柔的语调讲起自己的故事。她出身于艺术世家，从小在北京最著名的剧院里长大。父母都是编导，国家乐团资格最老的指挥，电影界和美术界的几位名气斐然的前辈也都是她的亲戚。父亲在 57 年被打成右派，去了北大荒，这时莲才意识到这场运动波及了多少人。她和父亲相处的时间不多，并不十分熟悉，还没来得及建立起关系就失去了他。由于童年时父亲的缺席，母亲又忙于工作，她不得不独自面对所有遇到的问题和麻烦。"没有人可以商量，我习惯了自己解决问题。妈妈出差时，就把生活费给我，让我带着弟弟过。"好在文艺界人们关系密切，特别是剧院这样的地方，像个大家庭，"我和弟弟几乎是吃百家饭长大的。到谁家一推门就进去，坐下就和他们全家一起吃，晚上也经常到我的小伙伴家里住，小时候我倒没有感觉到太大的歧视。文革开始后，情况就不一样了。妈妈去了干校，全剧院的人几乎都去了，只剩下一座座空屋。家已经不复存在，我印象最深刻的就是一次回家看到地板上躺着一只发了霉的大老鼠。"她露出没有牙齿的牙床，笑了笑，没有一点哀怨和自怜在里头。看样子文艺的熏陶对人们应付苦难还是有好处的。她童年的经历和南溪有相似之处，不同的是对待挫折磨难的态度。

"因为家里的处境，我早就明白我们这些人在社会上是不会有出路的，一切都得靠自己。考大学根本没有指望，所以中学考试我自己选择了上半工半读的学校，为了早点自立。"

她接着讲起了怎么去内蒙古插队，为了能和同伴们一起走，她还写了血书。"什么叫血书？"JENNIFER 打断了她。"真用血写？""可不，我自己的血。为了表示要扎根农村的决心。要不他们一看我的出身就含糊了。无论干什么，我都得付出更大的代价和努力。"

采访前莲已经看了德方发给她自己写的回忆文章，其中一段话把德方的浪漫天性展现无遗："作为跟着新中国一起成长的北京中学生（她是出生于 1949 年的高三学生），我心中最重要的是对党对信仰的忠贞。这种在潜移默化中培养起的感情，在那时已变成我的'初恋'。我怀着修女般的虔诚与执着，在草原上用心血勾画渲染我的扎根梦——直到那一天，我承认'青年人应该在大风大浪中成长'是官方虚伪的空话的时候，我的眼泪滴在初开的白头翁那紫色的花瓣上，我的幻想埋葬在春天的草原上。而春天，本应该是充满希望与生命的日子。"

　　到了内蒙古的牧区，知青们住在分配给他们的土房里。一刮风，屋里堆的草垛就团团乱转，水缸里冻了个大冰坨，他们拿菜刀剁了半天，然后合力把它给扔了出去，屋里的寒气就小多了。为了过冬，还学会附近基建连的做法，把浸透柴油的砖头当煤烧，这样砖头可反复使用。同住的北京知青捡了个手风琴，经常边拉边唱，虽然能按出曲调来，但是同时发出哒哒哒的声音，大家就送了个外号，叫做'打字机手风琴'。刚来时人们很快活，在泥土地上也能跳出《小天鹅》的芭蕾舞步来。

　　"很快我们被分到蒙古包去放羊。四个女孩儿一个包，和一家贫下中牧组成一个'浩特'。知青们的活儿是春天接羔，夏天剪羊毛，秋天抓膘，为冬天做准备。"

　　"夏草场是一片较平坦的河谷，一条窄河从中流过，遍地野花。一天，一家牧民的羊群直到半夜才终于老实地卧下来，过于疲累的下夜妇女一下儿睡着了。再睁眼时，羊群已无踪影——随着一阵风吹过，怕蚊子叮的羊群顶着风跑了。那夜，伴着狗的长嚎，只见远处许多手电到处乱晃。等终于找到羊群时，好几十只羊已倒在血泊中。听牧民讲，这只是一只狼干的。狼就是这样，如果碰上大群没人看管的羊，它不是抓住一只羊吃光完事，而是一只一只地把羊咬死。夏草场的这只狼极有名气——它是一只孤狼，颇有胆识，几次逃脱了牧民的围剿之后，变得极其狡黠。第二天，牧民们赶着牛车拉死羊，我们去帮忙。当翻过一道山梁看到满坡的死羊时，我的马吓得立着耳朵梗着脖子拧着身子，坚决不肯再走——尸横遍野，惨不忍睹……"

　　"听着像《狼图腾》里的故事？"莲说，"《狼图腾》的作者就是我的前夫。"德方回答。

“包里的四个女知青随着岁月流逝开始分裂了。第一个是和男知青大爽结婚的珠子。为了抵制这种革命意志衰退的表现，为了抵制这种不把青春全部贡献给牧区而先顾小家庭的背叛性举动，全连队的知青除了一人外，都没参加那个婚礼。多年后，大爽说，那晚，在四周没人的小炕桌上，摆满着从北京带来的‘喜糖’……

牧民们用的是靠天吃饭的原始的放牧方法：冬天要对付的白毛风、春天的冻雨、夏天的蚊蝇、秋天的狼……狼虽然一年四季不安分，但秋天是羊抓膘的季节，也是狼抓膘准备过冬的关键时期，骚扰最繁。

头年秋末就有一次，我的羊群被四只狼看中，被我发现后，它们明目张胆地围着羊群转了整整一天，几次试图冲进羊群，害得我几乎没敢下马。这样人疲马乏直到傍晚，眼看着狼群陪我回家。那天晚上，我把雨衣、破得勒、所有串成串儿的能在风中发出声响的瓶瓶罐罐什么的，围着羊群密密布置不说，还时不时敲起狗食盆儿，也学男生们那样围着羊群绕着，吆喝着：‘平安无——事——喽……哐！哐！哐！……’这样战战兢兢地守了一夜。

第二天就听说，我们附近那家牧民的羊群，半夜里被狼群冲走了一小群羊。”

莲看到过一张几个女知青骑在马上放牧的照片，就是德方和她的同伴们。这张照片特别有视觉冲击力，很多表现知青生活的书和纪念活动都采用了它。四个女孩儿穿着厚实的大棉袄，面容既稚嫩又粗糙，手里拿着马鞭，目光既坚定又忐忑地凝视着前方。这是一张很有渲染力的宣传画，既残酷又浪漫，现在莲才知道了后面的故事。原来是真的有狼啊。

“盲流光棍儿老孙头摔断了腿，达勒嘎们置之不理，是理所当然的事儿。在他们眼里，如果是牛，摔断了腿就该剥皮吃肉，人不能吃，抛在一边不闻不问就算是客气的了。

我曾非常不解珠子和大爽为什么要结婚？因为这不仅是两个生命间的承诺，而且还要对后代负责啊。

而我和与我相依为命的小祥，因为不愿有后代之忧，也不愿落个老孙头的下场，于是在1973年到74年初这段时间，我们在连队方圆一百多里的四季牧场，悄悄地进行了'地毯式搜索'——秘密地找寻着自己的葬身之地。我们决定：当丧失劳动能力时，就在这片永远入诗入画的草原上，在这块精心挑选的风景最美丽的地方，结束自己的生命。

那年我二十五岁，小祥比我小七岁。这也算是一种'扎根形式'吧。"德方笑了笑，好像在嘲笑当年的自己。

莲想起另一个熟悉她的朋友说，当年德方是穿着蒙古袍子骑在马背上奔驰的美女，是很多男孩子倾慕的对象，人们不知道她们是在找一块美丽的地方去死。"蒙古高原上，晴朗的夜空显得那么低，好像一举手就会碰到星星。"她又继续她的讲述。"几天后，我又送走包里另一个女生回北京，小祥也回家探亲了，于是就剩下我一个人。"

"我的羊群是新疆种公羊与本地母羊杂交的第三代。这种羊长得特别可爱。它们的嫩皮肤比本地羊更招惹也更惧怕蚊虫的叮咬，所以，白天出牧后，它们一遇蚊虫便马上把头扎到另一只羊的肚皮底下，每只羊都照此办理，其结果就是扎成几团紧紧的羊堆儿，密不透风，气喘吁吁。

一次，我与千余只羊扎成的'死疙瘩'奋战到心力交瘁，瘫倒在地，狂怒与奢望早已离我远去。四近杳然，草叶拂着我的面颊，使我知道自己还活着，而洪荒宇宙间只剩下了悲哀。我的马本来在一边观战，终于怒不可遏，冲着羊堆儿连刨带咬，最后也只是闹了一嘴羊毛。

夜晚更要命。尽管所有的羊群都怕蚊虫的叮咬，但有风的晚上，只要站在上风头，阻挡住顶风欲散的羊群，它们一卧下，下夜的人就可以就地休息。但我的羊群在群蚊的围攻下，意志坚定地站在你面前，并且像水一样从你身边漫过去。

我把套马竿上的绳扣解开变成长鞭，抽打着企图绕过我的羊。往往到了后半夜，远远近近所有下夜人的手电筒都不再闪亮的时候，在一片静寂的草场上，便只剩下我手中的灯光，只听见我的喊声和我手中长鞭的爆响。

那是个把我所有知道的恶毒咒骂都倾泻出来的夏天。每天夜里，我抬头望着北极星，看着大熊星座在天边绕着它缓缓旋转、旋转……我一分一秒地祈盼着，等待天亮……"

"我光着脚干活已成习惯。羊群出牧后，在清扫烟堆儿的灰烬时，我脚下觉得发烫，并且从地缝里冒出股股白烟，像是火山爆发的前兆。我们连推带拉地把水缸车的水全倾倒在羊盘子上，烟还在冒。阿拉腾格日乐跳上马飞快地跑去找牛，准备套车运水。在草原，白烟就是火警信号，住在周围的牧民纷纷赶着水缸车围拢过来。我家羊群睡觉的地方变成了沼泽。羊群开始靠近烟堆，争夺好位置。这种争夺越来越激烈。终于有一天，我看到一只大青灰山羊叉开四肢将烟堆儿霸住。烟堆儿变成了三堆儿、五堆儿……最后变成了密密的一排。每当夜幕落下的时候，我的羊群前便火光闪烁浓烟滚滚，成了草原夏夜的新景观。我的革命实践最后止于一场火灾。"

"经过无数个孤军奋战的日日夜夜，我的心情也越来越沮丧。但在和一个大学生的交谈中，我忽然觉得找到了希望，找到了在这里生存下去的理由——抓住放改良羊的机会，改变这里原始的生产方式。我给偶然见过一面的内蒙兵团孔副师长写过一封信,希望接一群新疆羊，想在放牧方法上下下功夫，摸摸规律，也算为牧区做点贡献。当然，这封没有得到回答的信终于粉碎了我的扎根梦。知青们陆陆续续离开了草原。"

"你们放羊放得这么认真？"莲忍不住打断了她。她吃惊于她们投入的程度。和她比起来，自己的下乡经历简直有点像是儿戏。虽然环境也很艰苦，但他们从未想到自己会在那里长久待下去。可能是因为年龄的缘故，想的事情不一样。她曾经很骄傲自己的两次逃跑，直到看到一本叫做《六九届毕业生》的小说，女主角小时候也从幼儿园逃回家去了，才发现这可能是家里最小孩子很容易采取的任性行为。

"草原的天空很蓝很蓝，但在这片蓝天下，就像《牛虻》中的亚瑟那粉红色的糖的世界被敲碎一样，我的血红色的扎根梦破碎在我精神的十字架前。尽管愿意把自己的青春鲜血生命铺在通往共产主义的大道上，但发现这一切该被珍惜的只被随意委弃着时，我看到了一句话：真的猛士，敢于正视淋漓的鲜血，敢于直面惨淡的人生。"

"而我不是猛士，只是一个知青。"她在结束自己的回忆时写道。

JENNIFER 终于有机会问了她最爱问的问题：你有过什么梦想吗？当你离开这个世界时，你希望世人怎样记住你？德方只是苦笑了一下，似乎这些问题很奇怪。她现在想的大概是怎样才能在这个世界上毫无痕迹地隐去。但她确实燃烧过。和莲的逃跑比起来，她也确实是个斗士。"对不起，净讲放羊了。"她露出抱歉的笑容。

陪同她来的那个女人一直愤愤的，对莲和 JENNIFER 没去寺院接德方非常不满，最后竟气愤地自己离去（后来莲得知她是一个著名的知青历史学者，她为那天的事向莲道歉，仍然非常强势，并且强烈质疑 JENNIFER 采访的做法，莲解释说她只是个艺术家）。德方本人却毫无怨言，整个采访期间只喝了杯水，她们想请她一起吃晚饭，但她说自己过午不食。莲又提议她哪天和她们共同认识的朋友聚聚，话出口后马上意识到这些已经是俗世的活动，和她没什么关系了。

她的浪漫天性，鄙薄物质和利他主义追求，和后来的婚姻失败，信仰破灭，以及出家似乎有天然的因果关系。她那一口缺损的牙，据她的朋友说是因为没钱补，有了钱不是被人骗就是转手送给了别人。

莲起说自己睡眠不好，她一听马上就动手在她后背上按摩起来，莲问你懂中医穴位吗？她说不懂，只是一种人和人之间的交流，莲立刻感到了这种交流，她的手很热。最后出门告别时，莲陪她走到车站。事后才知道她在北京连个住处都没有，需辗转几个小时才能回到她的寺院。她向莲挥挥手，露出没有牙齿的牙床笑笑，像她一贯那样，无怨无悔地往前走去。

3

今天要采访的梅子是豆豆姐姐秧秧的同班同学，和董一个学校。就是北京最著名的那所女校，莲认识的几乎所有年纪比她大的女性都曾经在那里上学。

　　梅子的父亲曾是中央某部的副部长，母亲是一所大型机械厂的厂长兼党委书记。家里一共有六个孩子，从小就吵吵嚷嚷，争执不断，同时也亲密无间。梅子居中，上有最受母亲宠爱的学霸大姐，下有长得洋娃娃般被所有人溺爱的小妹。还有两个被奶奶格外重视的男孩儿，和莲家的结构相似，应该每个人都不缺少爱。但她家的孩子多了一倍，因此位于上不着天，下不着地的梅子尽管被爸爸认为最聪明，也是他最偏爱的，却和另一个比她还要受漠视的妹妹一样，每天得为自己的存在做斗争。这几乎体现在每一件事上，无论是饭桌上的争抢，礼物的分配，还是说话表达的机会，就是你要是不争取就什么也没有。但是他们的家庭毕竟比平民百姓要优越的多，房子很大，还有保姆。每个孩子到了上学的年龄都上了自己心仪的最好学校，还能发展各自的业余爱好，直至文化革命开始，打破了他们的平静生活。

　　"六六年夏天，家里的气氛一下子就变了，爸爸被单位'反戈一击战斗队'拘留，妈妈也被勒令停止工作在工厂写检查。弟弟参加了西纠和联动，和你们院儿豆豆是哥们儿，每天在外面胡闹。'八一八'那天，我和同学们在天安门广场等待毛主席检阅红卫兵。"莲一听很激动，"那天我也在。"其实她也不知道自己是第几次去的。毛主席那年一共接见了八次红卫兵。"宋彬彬是我的同学，我当时还为没能选中上天安门城楼愤愤不平，觉得那应该是属于我的革命。那时班上同学们都已经被分为各个派系，大部分都是高干子弟，出身不好的同学索性不来了，反正她们什么机会都不会有，还会受到羞辱。大家在为一些鸡毛蒜皮的事情争执不休，并结了怨，因为都想参与进去，想成为那个中心的一员。事后我和宋彬彬和其他几个同学一起去串联，我们结识了几个北大和清华附中的男生，觉得他们很有头脑，回北京后也参加了他们的马列主义理论小组，想对这些混乱复杂的事情展开自己的思考和寻找答案，因为父母的境遇和社会现状使我们很不理解。"

"宋彬彬就是当时红卫兵的标志人物，因为被老毛亲自接见并改了名字而闻名全国。"莲向 JENNFER 解释道。

"很快，我最担忧的事情终于来了。父亲单位的造反派来抄家，幸好母亲事先把可能有嫌疑的东西比如日记本和一些文件都销毁了，奶奶和阿姨都被轰走，回到农村老家，家顷刻之间就分崩离析了。也就在那一天，母亲被关进工厂里的走资派'牛棚'，不许回家。"

"但那时我还没有意识到下一步会发生什么，我们还有很强的使命感和参与感，热衷于参加各种大规模的活动，在北京展览馆召开的最后一次红卫兵大会我也去了，那天中央文革的戚本禹本来答应来参加，结果始终没到场，人群开始愤怒失控，最后乱成一团，还有人大打出手。我终于醒悟了，远离了这些政治活动，成了逍遥派，同时还和那几个男生一起讨论，希望能解答心中越来越强烈的疑问。"

"关于文革的真正原因，你们究竟弄明白了什么？"莲问。

"这时我已经隐约地感到，是社会内部和领导层发生了问题，工农和上层官僚们以及知识分子们之间有很深的鸿沟，高层权力斗争和各种矛盾已经到了一种程度，使得整个社会发生分裂，而一旦政治上失控，就陷入大混乱。一开始老毛想搞掉异己，后来连他也控制不住局面了，把国家拖入了灾难，让几乎每个中国人都为此付出了代价。"

"那时你就想到了这些？"莲问。

"当然还是在马列主义这个框架里思考的。可能是妈妈的死让我想到更多。她被关进工厂牛棚后，就谁也没见过她。一个月后，工厂来人带走了爸爸。我们都知道凶多吉少，静静地在家里等着。爸爸回来后，一直坐在沙发里沉默不语，抽了十几根烟。然后他把我们都叫来，说要我们正确对待这件事，就是说妈妈已经自杀了。我们都不信，大家哭成一团，那时小妹只有 11 岁。只有我一个人没有哭。我坚持问爸爸，他都看到了什么？他说他只被允许进了火化间，隔着很远看到焚化炉上闪耀的红光。这就是有关妈妈最后的一切。"

梅子端坐在沙发里一动不动，她用手抹了下眼角流下的一滴眼泪。"我始终不相信妈妈是自杀的，他们说她是爬到窗台上跳下去的。我后来去了那个关她的房间，窗台离地面很高，她那么胖，怎么能爬的上去？我怀疑是有人把她推下去的，当然，也有可能是她不愿意再受辱决定终结自己的生命。"

"是的，很多人做出了这样的抉择。"莲轻声说。

"我本来和妈妈关系不好，她偏爱大姐，老是不分青红皂白就责怪我。但是在那一刻，我觉得自己突然理解了妈妈。她不像爸爸，在党内斗争中早已经磨练得谨慎圆滑，她的工作作风简单粗暴，可能得罪了不少人，我和当年整她的造反派聊过，她其实不适合做一个大厂的党委书记，还自以为自己把一切都献给了工作，包括她的家庭生活，谁能想到最后竟收获了怀疑和仇恨？她临死时一定是极度失望，彻底的迷失，我想所有自杀的人大概都是这样。他们被困在与世隔绝的孤独状态中，丧失了和社会、和亲人们的所有联系，觉得过去做的一切都没有意义，再没有什么值得他活下去。爸爸一直生活在懊悔和自责中，因为他觉得自己最后时刻没能陪伴她，帮她应对困难的处境，当然那也由不得他。他也自身难保。"

"到底是自杀还是被害呢？"莲想起南溪留给她的永恒的疑问。

"我始终不知道。后来我明白了，追究真相已经没有意义。我们的心灵经不起追究，这个世界并不是个非黑即白的世界。人们之所以能维持着这个现状，保持着某种平衡，就是因为人们明白，不需要把那一层薄纸捅破，他们只需要活下去。你知道这世界上有多少罪恶没有被清算？有多少灾难最后也没有个说法？上个世纪因为战争、革命、种种主义之争，世界上的一半人几乎杀死了另一半人。有些国家动乱灾难后能达成和解，可能是因为他们有基督教文化，选择了彼此宽恕，不管能不能做到，人们只能向前看，而不是深究谁对谁错，睚眦必报。"莲过去一直很困惑梅子对于世事采取的那种冷漠疏离的态度，原来背后有这么惨痛的故事。她似乎也懂得了悦悦面对一切时的笑声。"除了信仰基督教，也许还因为西方人生活在一个法制社会，法律的最终目的是追寻真相和公正。他们要求真相，认为真相代表着正义，是要给受害人一个'CLOSURE'（终结），也给生者内心的安宁。而不是永无休止地纠结于最后到底怎么死的噩梦中。可是真相到底是什么？有时候真相就是永远没有真相。迟来的正义就不能算是正义。"梅子接着说，莲点点头。

"我后来做了很多年的编辑，写了不少短文，似乎都是为了写一本小说做准备。小说聚焦于一个像我这样的家庭，发生在 1966 到 1968 三年间的事情，可是始终没有机会发表。我写这本书是为了解脱我自己。妈妈死后我一直没有哭出来，我只感到愤怒：怎么可以这样草菅人命？"她平静地说，一边让眼泪顺着脸颊滚滚流了下来。

JENNIFER 递给她一张纸巾，莲也坐过去，握住她的一只手，"希望在我们的有生之年能看到这本书出版。""也许我可以帮你试试在美国出版？"JENNIFER 说。

"在海外出国内的人甚至都不能看到。一本书写完几十年都不能出版，也许已经失去了它的意义。"梅子摇摇头，"但我很欣慰我写了它，我写这本书也不光是为了我自己，我已经没有什么可怕的，也没有什么可以失去的，我唯一的愿望是希望人们记住这些，永远也不要再发生这样的事情。"

4

下一个采访对象完全是个意外收获。梅子做编辑时的一个作家同事来找她，表示愿意接受采访。莲赶到宾馆时，刘爱军已经到了，看到莲进来，她站起来和莲握了握手，莲震惊地发现她竟然架着双拐，她把拐杖放在沙发边上，继续已经开始的叙述。

"我小时候家里很穷，我们是普通老百姓，住在一个大杂院的两间小平房里。爸爸过去曾是战斗英雄，可是因为没有文化，一直在一个小工厂里当保卫科长。母亲只是个普通工人，在流水线上干活儿。我三岁得了小儿麻痹症，因为没有钱，错过了治疗时机，后来虽然做了好几次手术，可是再也治不好了。我一直到七岁都不能站起来。得用手扶着一个小板凳，像小兔子一样在院子里蹦着走。我童年活动的天地就只有这么大。"她一边说一边抬头看着众人，她的头发梳理得一丝不苟，一身特别合身的西装制服，样子显得非常精干。

"从我上小学时起，就一直被同学骂'小瘸子'。男孩儿还追着我打，因为我学习好，上课时老举手发言。我一个朋友也没有，放学路上，他们抢我的拐杖，跟着我后面学我一瘸一拐地走，有个男孩儿还故意用绳子绊我，我摔倒了他们就哈哈大笑。我妈妈一点也不帮我说话，相反，她也骂我小瘸子，说我给家里添了太多麻烦，为我花光了所有的钱。有次小伙伴们玩儿跳绳，我说让我也试下，结果我一下跳了过去，她们都为我鼓掌，可妈妈大怒，把我拖回家，说不许我在外面给她现眼。"

"一个母亲也会嫌弃自己的孩子？"莲不解地问。

"家里孩子太多，后来她就把我送给了沈阳的姨妈。我是跟姨妈长大的，姨妈虽然没受过教育，可是她有一颗宽厚仁慈之心，要是没有她，我一定早就完了。她老是夸我聪明，说我是最好的，让我有了自信心，而不是萎缩掉。就连我这样一个自己妈妈都不爱的小瘸子，也有人心疼，有人当做宝贝。我每年都给她拿回一张三好学生奖状。她花钱给我买书，让我上文化馆的写作班，尽管她是个寡妇，也没有钱，还拉扯着好几个孩子。"她的叙述富于感情，语言特别流畅，她也很高兴地看到她的讲述和命运转折造成的效果。从始至终，莲和 JENNIFER 都目不转睛地盯着她，跟着她的语气紧张和舒缓，赞赏与惊讶，听她讲自己的故事，就像是观看一部励志电影，历历在目，让人全情卷入。

"文化革命开始时，我是初一学生，上的是沈阳最好的中学。沈阳的文革没有北京闹得厉害，我也没有去插队，因为我爸爸是战斗英雄，姨妈也是苦出身，我是被当做红色苗子培养的，进了姨夫的印刷工厂接班。工宣队把我安排在刻字组工作，全国都在搞大批判时，进了理论组写批判稿。还有研究所和出版社找到工厂，和我们联合出书。这让我有机会接触到文学，当上了沈阳日报的通讯员。从那时起，我就开始写纪实文学。我写的文章得了全国工人写作的大奖。文革结束后我想要考大学，但残疾人不能参加考试，后来招考研究生，我又去试，当然结果还是一样。我不甘心，又去参加报社记者的考试，这时我才知道作为残疾人的限制，大学和文化单位的门对我是关闭的。有了孩子后我又试着去写儿童文学，还写过剧本，虽然一次次被退稿，但也一直有好心人愿意帮助我。天上不会掉馅饼，但也没有什么事是人努力做不到的。改革开放后，家门口那条街上突然涌现一大帮小贩摆摊，我那颗被苦难生活压抑了许久的好学上进之心又蠢蠢欲动了，我就把对这些人的观察和采访写成报告文学，终于被北京日报接受了。他们还约我再写篇关于中小学校教育的文章。拿到北京日报正式的采访证，一家人都为我感到骄傲。丈夫是儿时同院的邻居，是个非常善良温和的人。多少年来，无论去哪儿，都是他蹬着一辆家用小三轮车带着我和我的拐杖，无论我想做什么，他都默默地支持我。但他没有我这么大的干劲儿和拼搏精神，他总是说我像条藏獒，生命不息，战斗不止。是啊，人生永远面临挑战，我没想到最大的挑战是我的女儿。"

她是一个成功的记者和作家，她把和女儿之间的冲突、对峙、拯救与亲情的故事写进她的成名作——报告文学《妈妈的心有多高》。这本书曾经风靡一时，鼓舞了很多为儿女教育身心疲惫苦不堪言的妈妈们。她深知如何讲好自己的故事，感情充沛，一气呵成，其间 JENNIFER 根本没有可能打断她或提出任何问题。她的故事富于逻辑——有说服力的前因后果和起到重要作用的时间节点，命运的起伏转折，充满动人的细节，具备了一切小说的要素。在场的所有人都深受感动，当她流泪时，她们也都完全被代入了，和她一起进入她叙述的语境。

"我自己是残疾人，我最怕是就是女儿再重蹈我的覆辙。我一定要给她我能给的最好的。那时我们经济很困难，但只要对她身体和智力发展有利，我绝不让她因为穷而受缺，输在起跑线上。上小学时发现她有听力缺陷，并且咬字不清，这对我简直是晴天霹雳，有人说学习音乐能够矫正，我就下狠心借了四千元买了钢琴。80 年代那可是一笔天文数字，结果钢琴拉到家就发现有质量问题，我来来回回给商家和厂家写了几十封信，杵着拐杖跑了不知多少次，最后厂家不但到家修好了钢琴，还赔偿了我们九百元。

这笔债很久以后才还清。小囡囡上中学后功课繁重多了，弹琴进步也不大，了解到她再怎么学也只是个业余水平，我毅然决然让她放弃了钢琴学习。我一点不后悔，让孩子多学点东西，尽可能全面发展永远都是必要的。她的口齿不清还是我用整整一个暑假每天带她练习朗诵，专门为她编了好多顺口溜，一点点矫正发音才真正好转的，后来她得了全班朗诵的第二名。孩子一生中的两场大战，一场是中考，一场是高考——那简直就是没有硝烟的战争。全家人为她备战几乎牺牲了所有的业余时间，房子太小，为了让她有空间写作业，我和丈夫经常要到外面马路上去溜达。可是在这期间她不停地出事，一会儿被自行车撞伤手骨折断，一会儿因为追星成绩一落千丈，中考没考好，我们决定让她休学一年再考，终于考上了四中。"

"四中是北京最好的中学。"莲对JENNIFER说。

"初一时她又开始出问题，变得非常浮躁贪玩儿，大概是到了青春期反叛的年龄，数理化成了全班最后一名。从初二起我全力以赴帮她回到正轨，初三那一年就像打仗一样，成绩终于上来了。临考前两周她突然精神崩溃，我知道她压力太大了，就安慰她说，考试并不是一切，她只要尽力了，记住考试时胆大心细就行了。结果她考上了北京大学。我有天在镜子里看见一张似曾相识的脸，细细的皱纹，写满了几十年的沧桑，不禁问自己：这真的是我吗？"她抚摸着自己的发根，眼睛里闪耀着泪光。

"祝贺你！女儿很优秀。"梅子说。"你也很优秀！"JENNIFER 接着说。"事情还没完呢，她的情绪不稳定，后来得了抑郁症，我们是过了一关又一关，用我们的爱把她拉了回来。她现在上了哈佛医学院。有时我反省自己，知道可能我把女儿逼得太紧，女儿的成就并不是我的成就，我只是希望她知道要奋斗人生才有意义。我之所以一直不放弃，终于进入作为残疾人禁区的行业，成了记者和编辑，付出了比别人多得多的努力，只是为了让她能为自己的母亲自豪，而不是像我妈妈那样以我为耻辱。"

目送刘爱军架着双拐的身影在饭店转门消失后，莲感到意犹未尽，对梅子说，"咱们再聊会儿？"两人来到楼下的咖啡厅，坐在靠窗口的圆桌上边喝咖啡边聊起来。"我很高兴有机会见到这样一个人，了不起的女人。和我的大部分朋友都不一样，她是完全靠自己努力成功的。某种程度上她是改革甚至文革的得益者，而不是受害者。因为在所有来自外界的压力中，残疾的压力胜过一切。她从来都是以个人的身份面对世界的，没有怜悯和幻想，可她却是唯一一个有梦并实现了自己梦想的人。也许无论在什么样的社会里，她都应该是一个成功者？"

"是的，你可能很少近距离接触来自贫民家庭的人？她的故事也让我第一次意识到，文化革命革的就咱们这些家庭的命，包括干部和知识分子，特别是文艺界人物，才是这场革命的真正目标。你说过你们采访的人大部分都和文艺界沾边？难怪你听到的故事完全不一样，所以也应该听听不同的声音。刘爱军，还有我曾采访过的不少人，他们对于这场革命的感受和认知可能完全不同。世界上并不是只有我们以及和我们类似的人存在。"

　　莲突然意识到，他们这个社会，是以这些她并不十分了解的人为基础的，但是知识分子和官僚们掌握了话语权，位于底层的普通人很少发出声音。她想起那个神秘消失的老魏头。从他身上，她第一次知道了什么是贫穷和绝望。也使她知道，人除了自己的生活，自己的天地，还和千千万万处于远比他们更困难境地的人有关。如果自己做不到为他们切实地做些什么，至少应该试图从他们的角度来感受，理解和判断很多事情的是非与真相，即使这种判断有时非常困难。我们也需要遵循一个最起码的原则，就是不要丧失了自己的良知。

　　"这可能和每个人所处的位置有关，马克思说过，人的社会存在决定人的意识。我相信真的是这样。有个来自农村的作家阎连科曾讲到，比起知青们在农村受的苦，农民受的苦更多，下乡只是城里人生命中引起无限慨叹的一个阶段，却是农民们的一生。知青们几年后都走了，农民却永远留在那里。他们是社会主义计划经济的牺牲品，曾为这个国家的原始积累和快速工业化付出过巨大代价，可是有谁为他们说过话？难怪他们并不同情那些落难知识分子，对于文革大概也有不同的感受和看法，至少不比他们平时更苦，反而使有些人受到过去从没有过的重视。真正改变了广大农民生活的是邓小平领导的改革开放。所以我不敢说他们是否感谢过老毛，如果他们要感谢谁，应该感谢的是邓小平。"

　　莲轻轻摇着杯子中剩下的咖啡，陷入一阵沉思，"她使我想到一个问题，我们的命运不仅仅是社会环境所致，很大程度上也是我们自身弱点的结果。人活到现在，应该反思，审视自己，而不是一味责怪外界因素。无论什么情境之下，人其实都是可以有选择的。包括不去选择的选择。"

"没错，我们的生活，都是选择的结果。我们不能只停留在抱怨文革毁了我们一生的想法中。为什么即使同样情况下，有人活成这样？有人却活成那样？年轻时读过存在主义，到现在我还是相信这个。人对自己要成为什么样的人是负有责任的。"

作为强烈的对比，刘爱军是所有被访者中唯一一个有正能量的人，并且出乎意料地把这正能量也输送给了其他人。"我相信这也是真的，就是所谓的正能量。我接触的人，包括我自己，在文革中成长的这一代，大部分都是负面情绪比较强的，对一切都持怀疑态度，其实任何事情都有不同的面，不能因为自己的境遇就否定相异或相反的经验。我们只有打开自己，超越自己，才能真正看清世界，才能成长和进步。"莲凝视着窗外的景色——那条日新月异，不断被新建筑覆盖，并有无数行人正在匆匆走过的街道。

5

崔锚的家在远郊，车子在他家门前的公路上堵了一个多小时，莲甚至已经看见他的家，可是进了院子又拐来拐去半天，才找到这座隐在绿荫中的别墅式小房子。

崔锚是位著名的政治学者，是 JENNIFER 唯一听到过名字的人，他在哈佛做访问学者时，美国报纸曾采访过他。同时由于他是一个著名事件的最后目击者，她也看过他作为第一手资料的回忆录。他带着她们参观他和妻子亲自设计的地下听音室，路过他的书房，一只像小山一样堆满各种书籍的沙发挡住她们的去路，JENNIFER 拿出手机来拍照，笑着说这只沙发可以作为一件行为艺术的作品。"你们可能认为我太奢侈了吧？作为一个持不同政见者？这房子是朋友们凑钱给我交的首付，因为那时失掉了工作，也不允许我发表文字，即使现在也不让我出国。我只能坚持读书和写作，在尽可能的范围内传播我对政治改革的思考，努力做我能做的事。"

"我妈妈的故事其实我已经写过。我愿意再讲给你们，是因为我觉得它应该对更多的人有意义。"他拿出一本老相册，他母亲年轻时真是一位美人，深色皮肤，大黑眼睛，明朗动人的笑容。"像个电影明星。"莲说。

"她出身于湖南一个书香之家，父亲是同盟会元老。他们是个大家庭，一半国民党，一半共产党。大姨和舅舅都去了台湾，小姨一家在美国，我妈妈为这个赎了一辈子的罪。到死也没赎清。抗战期间她大学毕业后去了南洋，致力于开办华侨学校，我就是在印度出生的。"

"回国后父母都在大学里工作。我妈妈像那个时代所有的热血青年一样，选择了信仰共产主义。但是因为她这个倒霉的家庭背景和'资产阶级教授太太'的身份，无论她怎么努力，一直得不到党的信任。"

"还是先从你自己讲起吧？"莲说，"小时候你们过得很优越吧？我看照片上你和妹妹都穿着小西服，小皮鞋，样子挺好玩儿的。"

"是的，小时候确实无忧无虑，在广州时我们家住在一座花园洋房里。那时'旧社会'的许多东西还都保留着，知识分子过着'西方资产阶级'生活方式。母亲常说我是吃美国奶粉、喝美国橙汁、美国牛肉汁长大的。母亲出门都是旗袍、阳伞、墨镜、高跟鞋——高跟鞋文革中都被我堆在阳台上放火烧了，旗袍也拆散做了自制喇叭箱的罩布。从广州中山大学乘小汽船进城购物，商品琳琅满目。我最爱吃的是芝麻糊、花生糊，现场烤制的小蛋糕，椰子糖和广东香肠。家里房子也大，住一座小洋楼下面一层，楼前有很大的花园。家里经常高朋满座，教授们在一起有说有笑。母亲经常用手摇上发条的留声机放音乐给我们听，基本都是苏联唱片。放柴可夫斯基的舞剧音乐《天鹅湖》时，母亲还会翩翩起舞。

回到北京后住在中关园给教授们盖的房子里，有砖砌的壁炉，还是梁思成设计的。父亲的专业是古汉语音韵学，这是研究汉语语音历史演变的学问，很生僻的专业，父亲说全世界真懂这一门的不超过十人，家里古书居多。母亲在北大俄语系当资料员。北大附小老师自然也多数是'资产阶级教授太太'，一派温文尔雅气质，没有半点红色革命味道。尽管已经是苏联作品为主，但西方作品和中华古典也没有被禁，父亲仰在沙发上边读《诗经》边吟哦的景象至今深印脑海。

这样的日子持续到文革。他们有一天突然都被捕了，被关进监狱，父亲关了六年，母亲五年半。"

"罪名是什么？"JENNIFER 问。"罪名始终不清楚。那时完全没有法治，不需要告诉你什么罪名。可能是因为父亲和台湾亲戚的关系，被认为是特务，后来我猜想这背后可能和国共之间的秘密合作有关。他们其实都是妈妈的亲戚。为此母亲痛恨父亲，始终不原谅他，出狱后还离了婚。"

"我是老大，一下子没有了任何经济收入。只好带着弟弟妹妹，靠卖家里的东西度日。上山下乡开始时，我和朋友一起去了内蒙，希望能留在那里，因为连插队都没有地方要我。我还为此写了血书。十六个人里推选了我代表所有人写。"

"又是血书？！"JENNIFER 惊叹道。"结果呢？"

"结果村里派人到北京来外调，其他的人都留下了，唯独没要我。我只好回到北京，直到一年后带着弟弟妹妹去了河北农村。那时小弟才十岁。"

　　"说回我妈妈，她和爸爸关在不同地方，后来被转到同一个监狱，可是谁也不知道谁在哪里。我们也没有他们的任何消息。母亲1973年被释放时，我正在农村插队，提了两大桶甲鱼兴冲冲地回到北京，甲鱼不是滋养吗，我们那里没别的东西，老乡们也不吃甲鱼，所以很便宜。我赶到她出来后入住的北大校医院，坐在病床上等她。这时门开了，进来一个小老太太，满头白发，佝偻着，身高不足一米二三，比原来矮了几十公分，扶着墙，一步步向我走过来。我简直不相信这就是我的母亲，完全成了另一个人。但是凭着本能，我知道这就是她，一下痛哭失声，我说：'妈妈，你怎么成了这样？！'那年她才56岁。"

　　"她拉着我的手坐下，立刻就开始给我上课。她说她感谢党和人民，教育了她，让她改正了错误，坚定了无产阶级的立场。她反复说，监狱里的管教们对她多么好。这是党给她最好的受教育机会。说到动情处，自己还落泪了。我哭着说：'我知道是谁把你害成这样！我早晚得跟那些人算账！'她大声呵斥我，她真心相信，她这样从旧社会过来的知识分子就需要这样的改造。她身体垮掉的原因，是因为在监狱除了念毛选没有任何活动，没有阳光，营养又差，而且正值更年期，大量钙流失，导致她的脊柱严重变形。她还有腹泻的毛病，但她不吃药，说是不能再给国家添麻烦。"

　　"不久父亲也出狱了，但他们两人绝对不能待在一个屋顶下，父亲学院给了他一间郊外疗养院小屋，搬到那里，我每天来回跑，照顾两个度过牢狱之灾却亦然成为仇敌的老人。"

　　"后来我们才知道，母亲不仅是身体被摧垮，她已经彻底被洗脑，如果稍微了解点脑神经学，就知道大脑很容易被操纵。她从来没讲过这五年半都是怎么度过的，每天除了教训我们，没有任何别的交流。我们家的日常生活就是饭桌上无休止的意识形态斗争。那时上山下乡已经结束，她还逼着我弟弟妹妹去插队。她积极要求恢复工作，等到身体好了些又回到系里工作。但她已经完全不理解外面的世界，这个处在剧烈变化中的社会。尽管她已经成了这样，反而更加想要入党，在她风烛残年时，心里最强烈的愿望就是入党，没有人比她更热爱党，但至死也没能入成。”

“为什么？”

“在别人眼睛里，她大概就是个疯子，不可理喻。我有时想，她是从什么时候发生的这个变化？她本是个生性好强的人，一直各方面都很优秀，后来随父亲回国失去了自己的职业生涯，和父亲的婚姻又让她失望，需要找到新的精神支柱和生活目标，另一方面她被植入了强烈的知识分子原罪观念，彻底否定了自己，认为需要永远不停的改造才能新生。她成了一个怪物，和整个世界都格格不入。不但家里没人听她，单位的人也都不理她。因为她身体的残疾，再也站不直了，小孩子们经常跟在身后骂她侮辱她。但她很坚强，从来没有抱怨过一句身体的痛苦。”

“最让她难以理解的是 1978 年邓小平的改革开放，这和她那年年底的自杀有很大关系。她认为邓的所作所为背离了革命，谁能相信，这成为压垮她精神的最后一根稻草？她死于精神和身体的全面崩溃。要知道这就是她的宗教，但是一种邪教。这种邪教将无情地杀死自己的儿女。我那时处在她和周围世界的种种矛盾冲突中，就像一个灭火队，每天疲于奔命地四处调解。最后的终结实际上发生在我们都以为她好多了的时候。一天我去科学院福利楼给她买西点，弟弟跑来告诉我妈妈出事了。他们不让我进里屋去看她的尸体，但我还是进去了，发现套在脖子上的绳子上和她的指甲缝里有血渍，说明她死前挣扎过。不管怎样，她终于解脱了。现在我才知道，没人知道她内心的痛苦，包括我们这些儿女，这样活下去对她已经没有任何意义。她没有留下一句告别的话，只是告诉小弟政治生命最重要，要紧跟华主席，永远干革命。还把她退还的工资和全部存款 5000 元上交给国家。后来的许多年中，我不断地做梦，试过各种办法把她救了下来。"

"母亲不是个完人，有很多弱点，但我仍然爱她，像爱我苦难深重的祖国。我之所以把我母亲的经历当做一个案例来研究，是因为这并不是哪一个人的过错，有些人还是很好的人，但他们信了一种可怕的东西，失去了判断力，最后甚至失去了自己的生命。需要破除的是这种迷信。那些身居高位的人可能并不信，他们只相信权力。"

"真正相信的是我母亲这样单纯的人，所以杀死母亲的其实是这种煽动仇恨的阶级斗争理论。我希望在中国推行民主化和法制化改革，就是要清除这种邪教对人们的影响，让我的同胞们过上一种合理的，真正人的生活。尽管后现代理论在批判反思理性主义的弊端，可是从我们的经历来看，非理性引起的社会灾难才是更可怕的。"

"想起你妈妈，在你记忆里最深刻的形象是什么？"

"恐怕就是我刚才描述的那个场景，一个身体佝偻的白发老妪，扶着墙一步一步地向我挪过来。我永远忘不了那一幕。"

"听了今天的故事，我印象最深的却是这张美好的面孔。"莲说，又翻开那本老相册，在喜马拉雅南麓雪峰映照下，克什米尔湖边的船上坐着一位旗袍裹身的优雅女士，用她异常明亮的眼睛望着这个世界，天真而迷茫，善良而悲哀，这双眼睛不知怎么使她想起南溪，可是为什么呢？那时候她们还完全没有经历过生活的悲哀啊。"她是个多么美的人啊。"

6

她们的计划里本来还有一个九十五岁的老红军女战士，她经历过国内战争、长征、抗日战争、土改、抗美援朝，简直是一个参与并见证了中国革命的活化石，可惜在 JENNIFER 来北京的几天前去世了。

莲和堇商量了好几次，最后决定还是在小院子里聚。出乎莲的意料，堇立刻就答应了 JENNIFER 的采访请求，还说要请 JENNIFER 吃饺子。她带来所有做馅的菜甚至工具，因为莲不怎么会做饭，连擀面杖都没有。

她们围坐在葡萄藤下的石桌旁，喝着莲沏的花茶，JENNIFER 打开一个纸包，捏起一撮细小的绿叶和淡紫色小花——从她自己的花园里采摘的。"这就是你在图书馆西餐菜谱里读到的 ROSIEMARY——迷迭香。"

"一种说不出的味道，奇异的清香，有点刺激……像是往事的味道，其实我们从来没有过这个东西。"莲把迷迭香放进玻璃茶壶，深深吸了一口气，品尝着手中的茶。"在你的回忆里再加上一种味道吧？"JENNIFER 也端起了茶杯。"这可真叫五味杂陈。"堇皱着眉头说，明显不喜欢这个味道，她从来不爱喝莲的花茶。

"你们经常在这里聚会吗？"JENNIFER 问。"每周日。"堇说，她向四处看了一眼。"只剩下这点回忆了。可能哪天也要拆了。多少年来，就是家这个概念支撑着我，让我度过在北大荒的那些日子。""你在北大荒待了十年？"

"是的。走时还以为我不会那么想家。当时只想走得越远越好，再也不回来了。你们是好是坏和我都没有关系了。父母的事情让我感觉特别压抑，从小我就是好孩子，无论做什么，都希望做的最好，我也习惯了人们夸奖我。而且我是老大，得严格要求自己。家里出了事后，我觉得就像一座大石头压在我心里。我也不愿意和别人说。爸爸给我来信说你要相信我们。在北大荒，连里只有我一个干部子弟，我很少和人说话，就连后来谈恋爱时，我都没和男朋友说过，和他在一起，也不觉得有什么幸福。"莲听着董的每一句话，震惊地睁大了眼睛。几十年来，她从来没和姐姐聊过这些，借助JENNIFER 的问题和角度，董第一次敞开了自己的内心，她也第一次得以进入这个和她血脉相连，休戚与共的世界。

"多少个夜晚我从梦中醒来，恍惚中常常不知自己身在何处，也不知自己将漂向何方。那时一家人天南地北，五个人分别在五个不同的地方，要不是表哥复原回来住在那座房子里，北京早就不是我的家了。

晚上下工后，我一个人蒙着头在被窝里听一个小半导体，信号不好，转来转去收不到中央台，因为离苏联边境近，有次突然听到了莫斯科广播电台的开始曲《我们的祖国多么辽阔广大》，我一下热泪盈眶。这音乐像一股甘泉流进我心里，第一次让我在艰苦的劳动生活里，在这离家千里之外的地方，感到了世界上还有美好。从此以后我每天都偷偷收听莫斯科电台的音乐频道。

一年冬天，我们拖拉机组到山里去拉木头。到了深山老林开始搭宿营地，我才发现来自所有连队机组的五十多人里只有我一个女的。他们为我在大窝棚里用麻袋隔出一个'单间'，还在厕所边上搭出一个小木围。尽管如此，在此起彼伏的鼾声中整夜我都无法入睡。

白天我们在雪地里找到倒下的圆木，用粗钢丝绳套在拖拉机后的挂钩上，一人指挥一人开车，但我根本拉不动，开车时又经常撞到被雪盖住的树桩上，要是履带被卡住麻烦可就大了，结果还是得班长跳上跳下，一边开车一边拖木头，我只能站在一边满怀内疚地看着。为了照顾我班长让我跟他打夜班，这样能避开尴尬，我还能独自洗洗涮涮和上厕所。我们刚到北大荒时发了一套军绿的棉衣棉裤，后来就一直穿自己的衣服。冬天里面穿的是妈妈给我织的毛衣毛裤，外面就穿棉衣，倒很少穿棉裤。衣服都是自己用洗衣板和肥皂洗，由于我在机务组工作，有专门一套工作时穿的衣服，老是粘满油污，所以要另外专门洗。连里没有自来水，要到井台去挑水，所以一到休息日，大部分时间都在洗衣服。也没有任何洗澡设施，只能每天下班后自己在炉子上烧点热水擦洗。一个宿舍5、6个人，都洗完了大概就半夜了。距离十几公里远的分厂有个浴池，但经常没水，所以我们很少专门去洗澡，如果顺便去办事，恰巧有水也要速战速决。莲说我是个爱干净的人，她压根不记得自己在北大荒洗过衣服。是的，不管在哪儿，我总是想要保持最低限度的个人卫生。

一天下了夜班我正在窝棚里睡觉，一阵琴声飘进了我的耳朵。我向外一看，太阳已经升起来，在白茫茫的雪地里，居然有一个瘦小的小伙子在拉提琴，拉的是《梁祝》！这曲子我第一次是在女附中音乐老师那里听的唱片，后来又去音乐厅听过。文革中已经被宣布为'大毒草'，没人敢听也没人敢拉，没想到在北大荒的冰天雪地里我又一次听到了它！

那天晚上，山上的打猎队送来了马鹿肉，路过厨房时，大师傅说，狼多肉少，等你们回来就没了，所以偷偷给我们留了点。下了夜班，我们避开了'大部队'，到伙房去吃'小灶'。伙房里已没有了白天的热闹，只剩下大师傅一人。他站在灶台边，一边搅和着锅，一边唱起了小曲。在摇曳昏暗的灯光里，他忘情地哼着、唱着。我完全听不清歌词，但能听出些许山东口音。那歌声凄婉而苍凉，仿佛在诉说着什么，听了让人心里发酸。后来，'四人帮'倒台后，在重新风靡的老歌中，我才又听到了那夜听过的旋律，才知道那首歌的名字是《五哥放羊》。那晚的马鹿肉不好吃，腥膻而且嚼不烂，但是那首歌却很动人，很好听。"

"那歌唱的是什么？"JENNIFER 问。

"一个陕北姑娘唱给他的情郎五哥。五哥冬天身披蓑衣在草滩上放羊，姑娘心疼他受冻，为他缝一件小棉袄，盼着有朝一日天睁眼，让她和五哥把婚完……把我的手风琴拿来。"她转身对莲说，"好久没拉过了。"莲从屋里柜顶上拿下一架沉甸甸的包在布套里的手风琴，董试了下音，手指迅速灵巧地在键盘上移动着，拉了一段曲子，的确令人心酸。

"音乐是你的梦想吗？"

"小时候没学过音乐，只参加过电视台的儿童合唱团。爱上音乐是因为我们女附中的音乐老师，每次练完合唱后，就在唱机上放一段音乐给我们听。让我们不仅学会唱歌，还懂得了欣赏音乐。

关于这个手风琴，还有段故事。那时连里有个右派，中央音乐学院毕业生，学打击乐的。他每天下工后，就在宿舍边上拉手风琴，是一部贝壳色有花纹的意大利琴，他是专业水平，拉的大部分是俄罗斯歌曲和练习曲，比如《蓝色多瑙河》、《马刀舞曲》、《山楂树》等，知青们都听醉了，疯狂地迷恋他，一下工就全都聚在他身边听，废寝忘食。只有我们三个人决定跟他学。这个手风琴就是那年冬天回北京时买的。乐谱都是老师给改成简谱后抄给我们的，后来老师被调到营部，离我们连队有十几公里，我和同伴为了抄谱经常要走到营部去，抄好后拿回来练习。那时我已经调到连里的小学校当老师，没地方练，每天等到放学后自己一个人在教室里拉，冬天火炉子灭了后还在冷屋子里拉，一直到受不了才回宿舍。记得我拉过很多曲子：《小苹果》、《波兰圆舞曲》还有中国民歌《花儿与少年》……只有音乐伴随着我的生活，生活才是可以忍受的。

买琴那年那是我到北大荒后第一次回北京。路上要走三天两夜，我只从连里带了一些饼干路上吃，在牡丹江下来换车时，去了一个小饭馆，除了面条什么都没有。第二天早上我睁开眼睛时，发现在车厢的小茶几上放着一个灰毯子的小包，打开一看是个婴孩儿！吓了我一大跳，一定是什么人因为养不起扔了的。我赶快叫来列车员，他们给抱走了。是个男孩儿，可能会有人收养他。

回到梦寐以求的家，家里空荡荡的，觉得特别陌生和凄凉，只有我表哥从部队退伍回来住在那儿。过了几天我坐火车去老家看妈妈和弟弟，弟弟已经在那里住了一阵。妈妈穿着黑棉袄裤，看起来就像一个真正的农妇。弟弟挎着个小粪筐帮着妈妈捡粪，他长了不少个，衣服都短了，袖子吊在胳膊肘上。我留了钱给他们。我每月有 32 元钱，在北大荒几乎没有花钱的地方。每次回来度假，都要和同学们去看朝鲜或阿尔巴尼亚电影，然后去趟莫斯科餐厅，享受下城市的乐趣，我出五元钱，大家凑剩余的，因为我的工资最高。妹妹后来去庐山玩儿，也是我给的路费。

我去河南干校看爸爸。妈妈让我带了皮裤子给他，怕他腿骨还没长好冬天受凉，她更担心爸爸的倔脾气。我坐火车赶到信阳。交通部五七干校在信阳息县张陶公社，离信阳市还很远，我坐上干校到信阳拉东西的大卡车，一路颠簸，暴土扬烟。冬天中原的农村，没任何景致，只有静候枝头的寒鸦，和广袤干枯的土地。车到干校，爸爸老早就柱着拐杖在门口等我，看到消瘦苍老，白发在寒风中瑟瑟抖动的爸爸，我实在控制不住眼泪，大哭起来。在干校，见到了许多熟悉的叔叔伯伯阿姨，个个灰头土脸，一副老农民的打扮。爸爸把家里所有人的情况都问了一遍，再一次让我不要担心，一切都会过去的。说到他自己，他只是简单地说他挺好，不用惦记。过两天就让我回北京去，以后不要来看他，莲和乔也不要来。吃饭时爸爸还轻松地说：'这儿没什么好吃的，张陶烧鸡不错，我去给你弄一只吧'。张陶的烧鸡什么味道，我一点印象都没有，我只记得爸爸让我赶快离开干校时决绝的神情。

多年之后，我们才知道爸爸在干校的事情。由于他说过'五七干校是劳改集中营'的'黑言论'，成为干校的'黑典型'，当时正受到大会小会的批判，他是绝不愿意让我们看到这一幕的。爸爸是个说真话的人。如今这个物种都快要灭绝了。没多久，爸爸回北京探亲就中风了，从此失语。没想到那是我和爸爸最后一次对话。"

"我从来都不知道爸爸到底经历了什么。可能那时因为我太小，他一直拿我当小孩子，什么也没和我说过。"莲插话道，"改革开放后，我曾经想过，如果爸爸还能说话，他对这些天翻地覆的变化会有什么想法呢？他们这一代共产党人，是如何看待后来发生的一切？爸爸在最后几年里，所有人都把毛选扔掉后，还独自一个人看那些书，放在他的床头。"

"小时候爸爸和我说过，我问他出身于富贵家庭，为什么选择参加革命？他说他想通过斗争，建立一个平等公正的社会。

不知道爸爸妈妈对他们的一生是否后悔过。后来虽然平反了，但已经被永远摧毁了健康。爸爸平反后没几年就得癌症去世了。妈妈把所有爸爸的东西都收拾起来，放进一个木盒子里，从此再也没有打开过。"

在大家的静默中，董停住了，抬头看着走进院子里的两个来客。一个是卡夫卡，一个是多年不见的皮却林，他一点不显老，容光焕发。莲站起来，"难得呀，你好久没来过了？""是啊，刚从美国回来，知道你们今天有聚会。乔呢？想见见他。"

"一会儿他会来。今天我们要包饺子呢。"

"你们在采访？不影响你们。继续吧。"皮却林仰望着果实累累的大柿子树，拉着卡夫卡走上小楼，进了书店。

"说起我曾有过的梦想，就是想当个记者或者作家。这个志愿来自小学时听到的一个美国女记者的故事，她很聪明，很勇敢，也很漂亮。我喜欢写文章，老师经常在全班同学面前念我的作文。上中学后，语文老师建议我高中考师大二附中的文科班，从那里可以直接保送进人民大学新闻系。那时这是做记者的唯一途径，我也毫不怀疑我会走这条路。文革打破了一切，从此我再也没有过什么梦想。而是跟着现实走，努力确立我自己，抚养大我的孩子。如果你问在北大荒的这些年给与了我什么，那就是喝了这杯酒垫底，没有什么酒是不能喝的。

小时候我和妈妈关系不好，不如和爸爸亲近，她老和姥姥吵架，也不善做家务，记得她给我洗头发时按住水里，揪得我生疼。文革中妈妈受难时才理解了妈妈。后来她帮我带孩子。为人母后才知道妈妈当年送掉自己的儿子是多么痛苦的事情。妈妈临死时，给我们的遗嘱是'勤勤恳恳工作，堂堂正正做人'"。

不知何时乔也来了，听到堇的话，他插了一句："最后只有我在妈妈身边，你守了一夜回家了，莲去联系临终医院。妈妈最后让我扶住她坐起来，打开她的歌本，她一直随身带着这个歌本。她头靠在我的肩膀上，唱起《我的家在东北松花江上》。她最后告诉我她看到的是满天通红的火光，就是日本人破城后烧掉整个县城的那场大火。"

"我们姐弟三人每年都去爸妈的墓地，一次也没有落过。有时我问自己，爸爸妈妈对我们有过什么样的期望？我们是否太平凡了辜负了父母的期望，没有做出应有的成绩？乔画了一辈子的画，有很好的艺术品位和技法，但很少卖画，莲一直不停地在写书，也不管能不能出版。如今我只想做个普通人，我也希望我的儿女做个平凡的人，度过平平安安的一生。像我们三个人一样，相亲相爱，互相帮助，认真做自己应该做的事，对得起自己的良心。也许我们做到了爸爸妈妈对我们的要求。"

"他们的爸爸妈妈很了不起。我们沙龙的存在很大程度上也归功于他们的理解。那时候的老干部哪里有这样的？皮却林的爸爸就说过我们是裴多菲俱乐部，把我们都赶了出去。唯有莲的家，包括她父母回来后也允许我们在她家聚会。乔说他妈妈看过我们流转的每一本书。"卡夫卡和皮却林也坐在葡萄藤下的石凳上，皮却林和乔小声聊着。"我妈妈七十岁时才开始学画，她画的花鸟在美国还卖出了不错的价钱，帮着卖画的朋友寄来美国人的信，说他们多么喜欢我妈妈的画。"乔接着说。

"真希望能认识你们的妈妈。"JENNIFER 转向堇，"堇，你是怎么看待他们的沙龙的？"

"在北大荒时，我其实不知道他们到底在干什么。只是有人从北京回来传说他们的事情，说他们聚在一起写诗画画，弹琴唱歌，说乔留长头发，穿喇叭裤，还有人为写的东西被捕被抄。那时这都是些犯禁的事，我担心他们被抓，再给家里找麻烦。而且他们没有户口待在北京也是不合法的，父母已经承担了那么多的罪名，我们家再也不能承受更多的麻烦了。不管我多么想回去，我也不能再像弟弟妹妹那样留在北京。"

这句话震动了莲，内心的涓涓细流突然间变成了巨浪。她低下头，不去看董的眼睛，董的眼睛里自从文革以来就罩上一层忧郁的表情，这表情再也没有离开过她那张曾像满月一样明朗的脸。原来许多年以来，她都过着不为莲所知的孤独生活，是她在遥远的北大荒，为他们曾享受的自由和欢乐默默"赎罪"，为全家人，也为他们的异端沙龙扛着十字架。

董已经结束了她的回忆，到厨房去忙绿。JENNIFER 感动地对大家说，这次采访出人意料的成功，对于她的项目来说，已经 MORE THAN ENOUGH。但她在华盛顿大学课程上学到的技巧并没有用上，因为被访者的讲述太 EMOTIONAL，使得她无法打断和提问。她必须保持被访者情绪的连贯性，因为很多人都是第一次使积压了多年的感情得以宣泄。她对每个人几乎都问了同样的问题，她很震惊地发现除了刘爱军，所有人都说他们"没有梦想"。在自己的创作之外，她还计划把莲和朋友们的故事做成一个播客节目，让美国人也能了解他们独特的成长经历。她说美国年轻人很少经历挫折，因此参军或环境改变后经常不知怎么应对分离和孤独等问题，自杀率很高。莲说与其说 JENNIFER 收获大，还不如说她的收获更大，她第一次清晰地认识到文革对他们这代人生活的影响，甚至远远超过她所能想象的。可能出于中国人内敛的性格和文化，即使在他们姐弟之间，也从来没有彼此说起过自己内心的感情。

他们开始围着石桌包饺子，堇飞快地擀皮，一个个圆圆的均匀的皮儿从她手指下飞出来，JENNIFER 也兴致勃勃地学着包。这时又进来一个人。人们几乎没有认出他是谁，直到乔拉他坐下，"豆豆！我通过好几个人才找到了他。他在郊区开了一家马场。"豆豆头发已经花白，脸晒得黝黑，过去清秀的轮廓依稀可见。他和大家打了招呼，欠身向皮却林点点头，两人甚至握了一下手。

"今天是个不同寻常的日子吗？"莲抑制不住自己的欣喜，"我真高兴能看到大家都在这里，好像时光倒流一样，不同的是有一个新朋友加入了我们。"

"还有我们都老了。"皮却林感慨道。他开始和 JENNIFER 用英语聊天，讲他最新的项目。大家吃完饺子，莲和豆豆走到那棵大树下，豆豆用手抚摸着粗糙的树皮，扯掉一块渗出的树胶。"这棵树还在啊，"他抬起头，望着依然枝繁叶茂的树梢，已经可以看到正在变成橙色的柿子星星点点挂落在枝头上。"只要它在，就好像什么都在。过去的日子是好是坏呢？好多事不堪回首，可是无论好的坏的，都过去了，再也没有了，就像我们的年轻时代。"

"这就是堇刚才说的五味杂陈吧。活久见——我们活到了能够品味五味杂陈的一天。按说现在大家的日子应该比过去好多了，可是我们也把一些东西永远留在了过去。感谢JENNIFER，她不断执着地帮助我挖掘那些掩埋在深处的记忆，有时我害怕回忆会耗尽了我的勇气，现在我发现它也会给我们活下去的力量。"

莲摆弄着一个放在花坛里的土耳其沙漏，举起来给豆豆看，那些彩色的沙子顺着瓶颈口缓缓地流下，最终形成了一幅亦真亦幻，引人遐想，可以做各种解读的风景画。"生活的价值真的不在于得到了多少，而在于失去了什么。只有存在的东西才会消失，不管是城市、父母、友谊、青春，还是爱情。失去的越多，生命就越实在，越确凿，因为生命只是个沙漏，最终流失的永远都多于存留的。那些失去的将以另一种方式存在，就像这幅画。"

豆豆的马场坐落在一条大河旁边。两岸高高的芦苇间，有几只白色的鸥鸟在飞翔。他穿着长筒靴，手握一只鞭子，站在围栏中间的泥地上，训练一匹精瘦的黑色母马跑圈。

"怎么想起开马场？这么多年你都在做什么？"莲和乔趴在围栏边上。

"我干过许多事，老是觉得不适合，直到我和一个喜欢马的朋友一起，找到这个地方。"

"你有孩子吗？"乔问。"我离婚了，有个儿子，在俄罗斯留学。"豆豆拉住马的缰绳，"你们要不要玩儿会儿？给你们找匹听话的。"

莲和乔一人骑了一匹老实的马，和豆豆并肩沿着河岸走。草丛里的鸟被惊动哗啦啦地飞起来。

"我带你们去个地方吧。"豆豆说，在前面跑了起来。大河奔流着，在一轮血红的太阳下闪闪发光。

莲来到南溪的墓地，献上一束她在花坛里采下的白菊花，花朵又小又饱满，沉甸甸的。她在心里对南溪说的话，也曾是她的一个梦。在那个梦里，她在一个群山环绕的青草地上，找到南溪的墓地——她现在终于明白了南溪对于她意味着什么，就是那不断侵袭她，又不断向她告别的过去——像涟漪一样扩散、消逝、重聚和呈现。其实，南溪也许不过是以她童年最好朋友为原型的某种重塑，是她心中久久难以释怀的悲哀，是生活留给他们的永恒之迷。一阵微风刮过，满山岗的树叶哗啦啦地响起来。莲把海螺凑近耳边，豆豆说是南溪留给她的。她从中倾听着自己和南溪的声音：我多希望你和我一起长大成人，像人一样的生活，度过完整的一生。南溪回答：我没为这个世界做过贡献。但我不后悔来过。我很高兴和你一起住在那个小院子里，我俩躺在床上，听你给我讲后来的故事……替我向那棵大树问好，它又结满黄灿灿的柿子了吧？

2024/8/9 北京

洞穴和蘑菇

吉翁

霜子的文章很有特点，就是女性的感性。说实在我觉得她生活在一个"感性空间"里。感性由感觉和感情组成，主要来自先天和家庭教育。相对应是很多人生活在理性空间里。理性来自社会教育。社会会改变。霜子离开家庭，进入学校（社会的一部分）的时候，处于阶级斗争时期。后来进入"一切向钱看"时代，如今正在步入"一切向权看时代"。每个时代有自己的道理和规律。大多数人都随波逐流，但是霜子基本不为所动。

在人类历史上，有一个"感性革命"。在西方和理性革命同时。文艺复兴既是理性革命，也是感性革命。不然没有那么多刺激感官的作品。到了启蒙运动，感性革命的旗手是卢梭。他的教育主要来自家庭。卢梭的理性是顺应感性的理性。是从感性发展出来的理性，比如自然法。那是人类心理进化的结果。人类进化不光是生理方面的，比如直立行走。也有心理方面的，比如对公平的向往。

非常有幸的是，我认识了霜子，还是通过老李认识的。当时我和老李处境悲惨，父母被整肃，自己没学上，没工作。而且，我们都不喜欢社会上盛行的阶级斗争。老李一直喜欢存在主义，他说，"人不是斧子，人也不是锯子，斧子和锯子都是人设计出来，赋予特种功能的东西。"人不是。存在才是人的本能和最高目标。你的用处是别人给你设计，迫你就范的结果。目的是为别人服务，特别是那些自称代表人民的人。

当时信奉这一套，可是大罪过。在那种严酷的环境中，心负大罪的人，必须找个洞穴躲进去。就像在寒冬时的狗熊，干旱期的青蛙，冰河期的人类。

他发现了霜子，惊为天人。然后告诉了我和其他朋友。因为，霜子不但是天人级的漂亮，她家就是一个洞穴。里面还有一堆堆篝火，霜子本人是一个，后来霜子的老公寥寥烧得更旺。

被漫天风雪般的阶级斗争，冻得透心凉的我等，这个洞穴就是精神家园。

2

在那里青年人很快就有了友谊和爱情。基础是共识。大家都喜欢文化，也就是顺应感性的理性。而不是忤逆感性的理性。洞穴外面充斥着忤逆感性的理性。它用如雷贯耳的大喇叭，说某人爱你你也必须爱他。虽然他迫害你和你的家人，让人民饿饭。

对我等比较敏感的人，这种喧嚣就是折磨，但是在霜子洞穴中，我们听不到这些东西，还能调侃它们。我们可以学习交流，得到安慰和希望。帮助我们挺过那几段时期。不光是阶级斗争时期——那个时期最糟糕。向钱看好点，向权看就走了回头路了。霜子和老李在任何一个时期，都没加入社会盛行的竞逐。

我们几十年来一直需要一个洞穴，而且一直是朋友，现在我们老了，寥寥和老李都走了。他俩喜欢喝酒。我等受老天眷顾，还能写作画画，不在于"意义"。只在于爱好。人类自然的爱好，也是那个洞穴培养出来的爱好。应视为洞穴里长出来的蘑菇。蘑菇需要意义吗？

2024-8-4

封面彩墨 张爽

封面设计 刘树信

说吧，涟漪

霜子

亚美出版社出版　　　Asian American Today, Inc
Indianapolis, Indiana, United States of America
www.yamei-today.com
IngramSpark
Amazon.com　&　aatodayin@gmail.com
印张 5.5 X 8.5 英寸　字数 123221
2024年10月第一版，2020年10月第一次印刷
ISBN：978-1-942038-16-0
LCCN：2024918511
定价：$15